DIEGO ARBOLEDA

PROHIBIDO
LEER A
LEWIS CARROLL

Ilustraciones de
RAÚL SAGOSPE

ANAYA

1.ª edición: octubre de 2013
7.ª edición: julio de 2016

© Del texto: Diego Arboleda, 2013
© De las ilustraciones: Raúl Sagospe, 2013
© De esta edición: Grupo Anaya, S.A., Madrid, 2013
Juan Ignacio Luca de Tena, 15. 28027 Madrid
www.anayainfantilyjuvenil.es
e-mail: anayainfantilyjuvenil@anaya.es

Créditos fotográficos: AGEFOTOSTOCK

ISBN: 978-84-678-6410-6
Depósito legal: M-15161-2014
Impreso en España - Printed in Spain

Esta obra ha recibido una ayuda a la edición
del Ministerio de Educación, Cultura y Deporte.

Las normas ortográficas seguidas son las establecidas
por la Real Academia Española en la *Ortografía
de la lengua española*, publicada en el año 2010.

Índice

1. Parpadeos 13
2. Mademoiselle Chignon, institutriz 16
3. Una carta con <u>4</u> puntos (y subrayado el número cuatro) 24
4. Southampton, un transatlántico y el efecto dominó 27
5. Mademoiselle Chignon, desastriz 34
6. Nueva York y el ave elefante de Madagascar 42
7. Un pastel, la señora Welrush y el hombre más extraño del mundo 51
8. Mademoiselle Chignon, disimulatriz 60
9. Alice 72
10. La niña que adoraba a Alicia y el hombre que odiaba la excelencia 78
11. Seis regaderas 89
12. Tres malas ideas 100
13. Los no-conversadores de una no-conversación 114
14. Buenas noches (sin sustos) 126
15. Los peligros de hablar en voz alta 130
16. La habitación de las maravillas 136

17. ¿A... aquí? 149

18. Los Tres Magníficos 154

19. Invitados sin autorización y barbas sin
    bigote 158

20. Distintas formas de ver un huevo 166

21. Una anciana con un nombre muy largo y
    una niña con las manos muy pequeñas .. 184

Dedicatoria sin sentido 203

Personajes permitidos en este libro

Alice

Eugéne Chignon

Timothy Stilt

Alice Liddell

Baptiste Travagant

Peter Davies

Señores Welrush

Personajes prohibidos en este libro

Humpty Dumpty

Reina de Corazones

Conejo Blanco

Lewis Carroll

General Ho Chien

Gato de Cheshire

Oruga Azul

1. Parpadeos

Todo el mundo sabe lo que es parpadear: abrir y cerrar repetidamente los párpados.

Cuando decimos que todo el mundo lo sabe, no es solo una forma de hablar, no es como decir *todos mis amigos* o *toda mi ciudad*. Todo el mundo es todo el mundo, porque todas las personas de todo el planeta Tierra parpadean. Y todos lo hacen igual. Siempre ha sido así.

Durante la historia de la humanidad han cambiado muchas cosas: la forma de vestir, la forma de divertirse, la forma de construir y la forma de destruir. Pero la forma de parpadear, no.

Parpadead un par de veces. ¿Ya? Pues igual que vosotros lo habéis hecho se parpadeaba hace mil años, o hace cien.

Y, lo que más nos interesa para esta historia, hoy en día nosotros parpadeamos igual que se parpadeaba en el año 1932.

En 1932 sucedieron un puñado de grandes cosas y, como todos los años, miles de pellizcos de cosas pequeñas. La mayoría de la gente asume que las cosas pequeñas no suelen aparecer en el periódico y las grandes sí. Pero eso no es del todo cierto. Todos los días los periódicos publican multitud de anuncios, noticias y artículos que nadie o casi nadie lee. Aparentemente no tienen importancia, pero se publican porque para alguien, en algún sitio, ese pequeño texto puede tener el mayor interés.

Aquel año los diarios recogieron noticias importantes, como la celebración de los juegos olímpicos o el primer intento de Adolf Hitler de hacerse con el poder en Alemania.

Ambos son sucesos importantes, sí, pero para esta historia, no.

Para esta historia interesa un escueto anuncio aparecido en la esquina de la penúltima página de *L'Herald des Arcs*, un periódico de provincias francés.

El 10 de abril de 1932, una marquesa, un conde y dos barones se presentaron en la casa de la jovencita Eugéne Chignon y le insistieron en que leyera ese anuncio.

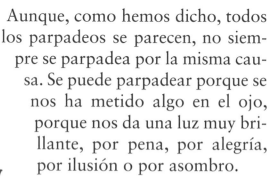

Aunque, como hemos dicho, todos los parpadeos se parecen, no siempre se parpadea por la misma causa. Se puede parpadear porque se nos ha metido algo en el ojo, porque nos da una luz muy brillante, por pena, por alegría, por ilusión o por asombro.

En este caso, la primera vez que mademoiselle Chignon leyó el anuncio en aquel diario francés parpadeó asombrada.

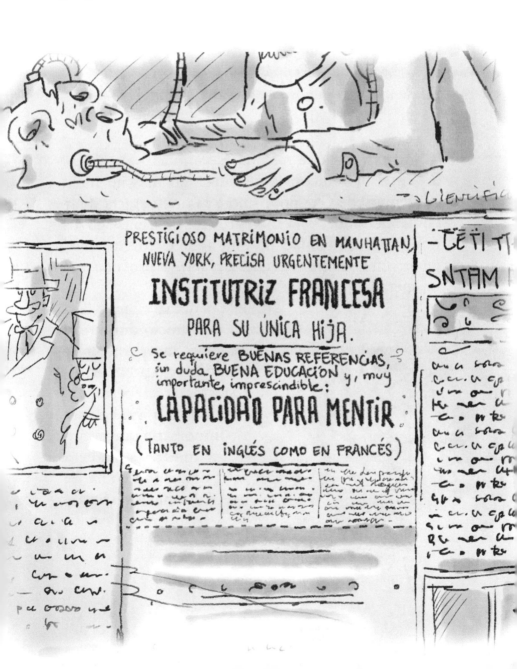

2. Mademoiselle Chignon, institutriz

Por extraño que resulte, ese anuncio aparecido en el periódico a quien ilusionó más no fue a mademoiselle Chignon, sino a la aristocracia de la comarca donde vivía Eugéne, Les Arcs, entre cuyos nobles la posibilidad de que aquella joven consiguiera un buen trabajo en Nueva York provocó una inesperada y unánime alegría.

Aquella mañana, cuando descubrió el anuncio durante el desayuno, la marquesa de Puntilliste apretó entusiasmada el periódico contra su pecho, sin importarle que la tinta aún fresca pudiera manchar su collar de perlas ni su vestido.

En su biblioteca, el conde de Abôlengue lo leyó con cada uno de sus siete monóculos, incluyendo el monóculo dorado que tan solo utilizaba para leer su árbol genealógico.

El barón de Àdroite lo ensartó personalmente con uno de sus floretes, honor reservado durante siglos solo a su familia rival, los Àgauche. Cuando se enteró, el barón de Àgauche, lejos de enfadarse, hizo enmarcar el anuncio y lo colgó en el salón de retratos familiar.

Y, sin duda, hasta el siempre serio vizconde de Analphabète se hubiera entusiasmado también con el anuncio, de haber sabido leer.

Esta fue la eufórica reacción que produjo la lectura del periódico aquella mañana entre la mayoría de aristócratas de Les Arcs.

Pero ¿por qué se alegraron tanto estos distinguidos nobles?

La culpa de que un pequeño anuncio en un periódico de provincias tuviera el poder de desencadenar semejante entusiasmo entre marqueses, condes y barones se encontraba repartida, a partes iguales, entre:

a) Nuestra joven protagonista, Eugéne Chignon y...

b) La cláusula XIII del testamento del noble más importante de la región, el difunto duque de Les Arcs.

Eugéne era la hija del mayordomo del duque de Les Arcs, e hizo compañía al anciano aristócrata durante los últimos años de su vida, cuando a este ya nadie acudía a visitarle y se encontraba, además de ciego y medio sordo, casi siempre solo.

Eugéne, a pesar de ser una niña, dedicó mucho tiempo a cuidar del duque. El señor de Les Arcs la recompensó proporcionándole una buena educación y, lo que fue aún mejor, incluyendo una cláusula en su testamento, la cláusula XIII, en la que exigía a todos los nobles de su comarca que consiguieran empleo a Eugéne como institutriz de los hijos de las mejores familias.

En principio la cláusula XIII no parecía ofrecer mayores problemas. De hecho, cuando los nobles la conocieron, no les pareció mala idea que aquella joven bien educada instruyera a sus hijos.

Sin embargo, cuando monsieur Chignon, el padre de Eugéne, supo de esa última voluntad del duque, no pudo evitar soltar una sonora carcajada.

No rio porque su hija no pudiera ser una buena institutriz, al contrario, era una apasionada de la lectura y hablaba con soltura francés, inglés y alemán. Podría educar perfectamente a cualquier hijo de noble. El problema residía en que, con su ceguera y su sordera, el señor de Les Arcs nunca conoció una de las principales características de Eugéne, que no era su alegre sonrisa, ni su cabellera pelirroja, sino su irrefrenable capacidad para provocar desastres.

Allá adonde iba, Eugéne Chignon tropezaba, empujaba, obstaculizaba, chocaba o importunaba. Era un poderoso imán para el caos.

No había, sin embargo, maldad ninguna en Eugéne. Lo que había era mucha, muchísima mala suerte. Sobre todo mala suerte para los demás.

Ya siendo apenas un bebé, Eugéne destacó por su habilidad para enredarse en las piernas de los adultos, especialmente si ese adulto llevaba una bandeja. Tantas bandejas cayeron al suelo que el servicio del duque se convirtió en el único de toda Francia que servía las comidas en cestas.

De niña cerró tantas veces a destiempo la tapa durante sus clases de piano, que provocó la dimisión

19

de todas sus profesoras de música, normalmente después de que estas entonaran un agudo ¡ay! sostenido.

Más tarde, con las clases de baile, se descubriría la especialidad de Eugéne, el efecto dominó.

Si Eugéne hacía tropezar a su profesor, su profesor no se limitaba a caer al suelo, sino que, mala suerte, se chocaba con una de las criadas quien, mala suerte, llevaba una sopera, sopera que, mala suerte, podía caer por la escalera hacia la entrada principal, justo en el momento en el que el cartero decía: «Buenos días».

Y la sopa y la casa entera respondían:

—Mala suerte.

Durante el año que siguió a la muerte del duque, Eugéne Chignon sirvió como institutriz en las residencias de los diversos nobles. En todas las casas conquistó a los niños, y en todas también enfadó a los padres.

En la mansión de la marquesa de Puntilliste, donde estuvo tres meses enseñando idiomas a sus hijos, entre otros desastres volcó noventa y tres veces la taza de té: tres veces sobre sí misma, diez veces sobre diez carísimos vestidos de la marquesa, y las restantes ochenta, sobre Nube, el caniche blanco de la señora de Puntilliste.

Eugéne y la marquesa descubrieron con sorpresa que el pelo de caniche se puede teñir de forma permanente con té, descubrimiento que tuvo dos consecuencias: Nube pasó a llamarse Mechas y Eugéne fue expulsada de la mansión.

Ese trabajo en la casa de la marquesa fue solo el primero de los que tuvo durante aquel año, siempre con resultados catastróficos.

Apartó una escalera que estorbaba en la biblioteca heráldica del conde de Abôlengue, sin percatarse de que el propio conde se hallaba en lo alto de la misma consultando en un grueso tomo quién fue

la hermana pequeña de la primera esposa de su tatarabuelo, asunto que las últimas noches no le dejaba apenas dormir. Monóculo, conde y tomo cayeron desde lo alto, y en ese orden.

Descubrió el pasillo secreto desde el que el barón de Àgauche espiaba a su eterno rival, el barón de Àdroite. El pasillo terminaba en el salón de retratos de los Àdroite, concretamente detrás de un cuadro que tenía los ojos perforados. Eugéne resbaló justo cuando espiaba, y su cabeza atravesó el cuadro, ofendiendo en un solo movimiento a los dos barones enemigos. Àgauche se enfadó al ver su secreto pasillo de espionaje descubierto. Y Àdroite estalló en cólera por la aparición de la sorprendida cabeza pelirroja de Eugéne donde debería estar la cabeza del Gran Senescal, el pariente Àdroite más prestigioso, quien además era la segunda vez que perdía la cabeza (la primera vez fue durante la Revolución Francesa).

En casa del estricto vizconde de Analphabète tan solo estuvo un día, y curiosamente, no rompió nada. Pero con el pequeño heredero del vizconde hizo algo que contravenía la norma más sagrada de la casa Analphabète: intentó enseñarle a leer.

Por eso, cuando los aristócratas vieron en ese anuncio la posibilidad de librarse de Eugéne sin contradecir la cláusula XIII del testamento del duque, dieron saltos de alegría.

Eso sucedió esa mañana de abril de 1932, en la que una marquesa, un conde y dos barones acudieron a casa de mademoiselle Chignon para enseñarle el anuncio.

Eugéne cogió el periódico, leyó el anuncio y lo primero que hizo fue, como hemos dicho, parpadear asombrada.

—¿Nueva York?

3. Una carta con 4 puntos
(y subrayado el número cuatro)

Una semana después Eugéne recibió una carta proveniente de Manhattan, Nueva York.

Estimada señorita Chignon:

Hemos leído con atención las numerosas cartas de recomendación. Estamos impresionados con las maravillas que la marquesa de Puntilliste, los barones de Àgauche y Àdroite y el conde de Abôlengue hablan de usted, a pesar de su juventud.

Desconocemos por qué el vizconde de Analpha-bète nos ha hecho llegar una hoja en blanco, pero lo interpretamos también como un gesto de apoyo.

Le solicitamos que venga con nosotros cuanto antes. Pero primero hemos de aclarar 4 puntos.

Suponemos que será usted una gran aficionada a la lectura. Nosotros apoyamos la literatura y las artes. De hecho el señor Welrush es el presidente del Comité de Magnificación de Eventos de la Universidad de Columbia.

Sin embargo:

1) Queremos advertirle que tiene usted terminantemente prohibido introducir en nuestra casa ningún ejemplar de Alicia en el País de las Maravillas, *ni tampoco su continuación* A través del espejo. *Si lo hace, será automáticamente despedida.*

Y también:

2) Tiene prohibido hablar de dichas obras o de su autor, Lewis Carroll, bajo nuestro techo. Si lo hace será automáticamente despedida.

Por último:

3) Si nuestra hija Alice le menciona algo de esos libros, usted deberá responder que no los ha leído ni tiene interés en hacerlo. En este caso, si no responde así, será automáticamente despedida.

Le adjuntamos un billete para el barco (línea trasatlántica Southampton-Nueva York) y una foto de nuestra hija Alice.

Se preguntará usted por el cuarto punto de las cuatro cuestiones que queríamos dejar claras.

Mire usted la foto de nuestra hija. Es evidente que se parece a la protagonista de Alicia en el País de las Maravillas. *Su pelo es idéntico, su rostro es similar, y va vestida igual que en las ilustraciones de esos libros. De acuerdo, pero,*

4) si usted se lo dice, será automáticamente despedida.

Un afectuoso saludo.

El señor y la señora Welrush
Manhattan, Nueva York

4. Southampton, un transatlántico y el efecto dominó

En Inglaterra, en el puerto de Southampton, Eugéne comprobó que los señores Welrush se habían tomado muchas molestias para que su viaje fuera tan rápido como agradable. El transatlántico al que debía subir era un barco impresionante, que casi no se podía abarcar con la vista.

El muelle estaba lleno de gente que iba y venía a la sombra del casco del barco. Junto al transatlántico, las personas se veían como cientos de diminutas hormigas en torno a un gran animal dormido.

La joven institutriz se encontraba con sus dos maletas esperando para subir al barco por la exclusiva pasarela de primera clase, ya que los Welrush le habían enviado un muy buen billete.

Frente a lo que se pudiera pensar, el acceso a través de esa pasarela era extremadamente lento, puesto que los pasajeros más ricos llevaban consigo gran cantidad de maletas, cajas y todo tipo de objetos. Había pasajeros como Lady Westminster de

Murk, que viajaba con veinte enormes baúles, diez maletas, doce sombrereras y tres jaulas con loros, tucanes y otros pájaros exóticos.

Además, había ocurrido un problema de colores, concretamente de color crema.

Aquel año ese era el color de moda entre las damas de la alta sociedad. El capitán del transatlántico, conocedor de que *la crème de la crème* adoraba el crema, tuvo la equivocada idea de hacer pintar las cubiertas de primera clase de aquel color, pensando que así agradaría a los viajeros.

Lo que no valoró el capitán fue lo importante que era para la gente de la alta sociedad las fotos que se hacían cuando partía el barco, fotos que publicarían los periódicos y revistas de toda Europa.

Muchas de las damas habían venido vestidas de color crema, con sombreros y pañuelos de color crema, y se horrorizaron al comprobar que se confundirían con el color de fondo del barco: en el blanco y negro de los periódicos serían totalmente indistinguibles, como una enorme nube de vapor.

Todas las damas decidieron cambiar de sombrero antes de subir al barco, formándose un atasco monumental en el muelle, un caos de mujeres nerviosas, maridos sosteniendo paquetes, maletas desparramadas y sombrereras abiertas. Algunas damas que no tenían sus sombreros a mano hicieron abrir los baúles de viaje, grandes como armarios.

Eugéne, que no tenía prisa, y que además lucía el único sombrero que poseía, un sombrero de color

azul, se alejó de la fila, subió hasta la parte más alta del muelle y se apoyó sobre unas cajas para esperar a que se solucionara el atasco.

El montón de cajas no aguantó el peso de Eugéne y esta se vio de repente sentada en el suelo.

Y es que las cajas, desgraciadamente, no eran cajas, sino el anciano Lord Paddington sentado en su silla de ruedas. Lady Paddington le había cubierto de diversos paquetes mientras buscaba el sombrero adecuado.

La silla de ruedas se deslizó veloz muelle abajo, y el Lord, temeroso de acabar en las aguas, se agarró a lo primero que pudo, y lo primero a lo que pudo

agarrarse fue el reverendo Fritzwatter, quien no era un pasajero, sino que estaba allí para bendecir la salida del transatlántico. Fritzwatter quiso apoyarse en su ayudante, pero el monaguillo debió considerar que el sacrificio del sacerdote era suficiente, así que dio un ágil salto a un lado, dejando que la silla de ruedas con un lord y un reverendo encima siguiera su peligroso camino hacia el océano.

Lord Paddington y el reverendo Fritzwatter arrollaron a varios pasajeros, abollando varios sombreros, antes de que un hombre con buenos reflejos consiguiera agarrar las manijas de la silla de ruedas. La silla se detuvo en seco y Lord Paddington con ella, pero, con el frenazo, el reverendo Fritzwatter salió disparado y chocó contra el equipaje de Lady Westmister de Murk, quedando enterrado entre una avalancha de jaulas y baúles, y liberando a unos cuantos pájaros que volaron exóticamente por todo el puerto.

Resolver el desbarajuste provocado por Eugéne fue complicado, en especial recuperar los pájaros, que se resistían a volver a sus jaulas. El capitán, malhumorado por el retraso, dio orden de que los pasajeros embarcaran inmediatamente, obligando a todos a recoger sus cosas y asumir el sombrero que en ese momento tuviesen a mano.

Por fin el barco pudo abandonar el puerto, aunque lo hizo sin la bendición del reverendo Fritzwatter que, al parecer, ofendido por lo sucedido, desapareció sin despedirse siquiera.

Los periódicos recogieron el momento de la partida: lágrimas, pañuelos agitándose, confeti.

En las fotografías, si uno se fijaba en las personas que saludaban desde la cubierta de primera clase, se podía distinguir a Eugéne saludando emocionada,

aunque en aquel puerto de Inglaterra no había nadie que ella conociera.

Junto a Eugéne, había dos tipos de damas: las alegres, que lucían ropas o sombreros de colores, y las enfadadas, que no habían conseguido corregir su color crema. También se podía distinguir a una enojada Lady Westmister de Murk. Su problema no era el color, no, sino que justo en el momento de la partida había descubierto entre el confeti a uno de sus valiosos tucanes volando en libertad.

5. Mademoiselle Chignon, desastriz

A raíz del suceso del muelle, los pasajeros de primera clase, comandados por Lady Westmister de Murk, se negaron a compartir mesa en el restaurante del barco con Eugéne. La joven francesa se temió que comería y cenaría sola durante todo el viaje, pero no fue así.

La primera noche, cuando entró en el restaurante, dudó en qué mesa sentarse. Estaba tan nerviosa que no vio al jefe de sala cuando se acercó.

—Está usted invitada... —alcanzó a decir antes de que Eugéne se sobresaltara y golpeara la bandeja de uno de los camareros.

El jefe de sala observó consternado cómo las frutas que llevaba aquel camarero se desparramaban por el suelo.

—En fin... —suspiró—. Está usted invitada a la mesa del señor Davies.

—¿Qu... quién es el señor Davies? —tartamudeó Eugéne.

—¿Ve usted dónde ha acabado aquel melocotón?

—Sí —respondió avergonzada.

—Pues el caballero de la mesa de al lado.

Cuando, sorteando con cuidado las diversas frutas que había por el suelo, se acercó hasta la mesa del fondo, descubrió que el señor Davies era el hombre que había conseguido detener la silla de ruedas de Lord Paddington en el muelle.

Era un hombre de aspecto elegante y mirada melancólica, aunque en sus ademanes enérgicos se adivinaba que había servido en el ejército.

—Siéntese, por favor —le solicitó el señor Davies, indicándole un asiento— . Ya solo falta monsieur Travagant.

—¿El Hombre del Huevo?

—Exacto, usted no es la única persona a la que la alta sociedad quiere evitar.

Sí, aunque no fuera un gran consuelo, en el barco había otro pasajero con quien nadie más quería cenar. Se trataba de monsieur Travagant, a quien todos llamaban el Hombre del Huevo.

—¿Ha invitado usted a su mesa a las personas con quien nadie quiere tratar? —preguntó extrañada Eugéne.

—Efectivamente.

—Pero entonces nadie querrá hablar con usted.

—Eso es —los ojos melancólicos de Peter Davies adquirieron por un momento un brillo travieso—. ¿Qué le hace a usted pensar que yo quiero hablar con esas personas?

Antes de que mademoiselle Chignon pudiese responder, monsieur Travagant llegó hasta la mesa.

En una mano llevaba un bastón y con la otra empujaba un carrito para bebés, que aparcó cuidadoso junto a la mesa. Después, con gesto ceremonioso y una gran sonrisa se presentó formalmente:

—Baptiste Travagant, caballero belga y ciudadano del mundo, para servirles.

Davies le estrechó la mano:

—Peter Davies, editor. Y le presento a mademoiselle Eugéne Chignon —Davies se giró hacia Eugéne—. Lo siento, señorita, no conozco su ocupación. ¿A qué se dedica?

—Soy institutriz.

El belga la miró como si la reconociera.

—¡Usted es la chica del lío del puerto!

Eugéne se puso roja, pero Baptiste Travagant parecía entusiasmado.

—¡*Magnifique!* —exclamó golpeando el bastón contra el suelo.

De repente las cejas de Travagant se fruncieron extrañadas, levantó el bastón y les mostró la punta, donde se había clavado un melocotón.

—¡Genial, una desastriz! —rio— ¡La chica que provoca desastres!

—Sí —dijo Eugéne más roja todavía—. También me dedico a eso.

Monsieur Travagant era un hombre de unos sesenta años, de bigotes negros y finos, simpático, entusiasta, que ensalzaba todas las cosas que merecían la pena, y también gran parte de las cosas que no: durante la cena Eugéne descubrió que era capaz de alabar casi todo lo que veía en el barco, desde el humo de las chimeneas hasta el brillo de las cucharas.

Si Eugéne había tenido un mal comienzo de viaje, ganándose una mala fama desde el mismo momento de la partida, monsieur Travagant en cambio, había tenido un comienzo excelente.

Esa primera tarde se ganó el corazón de los pasajeros, pues acostumbraba a pasear con su carrito de bebé por la cubierta. Por su edad y debido a que viajaba solo, todos interpretaron que se trataba de un viudo que cuidaba con mimo y orgullo de su pequeño hijo. Esta imagen se desmoronó con cada pasajero que se acercó a conocer al bebé, puesto que en aquel carrito, en lugar de un niño, había un gigantesco huevo. Concretamente, un huevo de ave elefante de Madagascar.

—¡*Aepyornis!* —proclamaba el belga, lanzando a los cuatro vientos el nombre científico del pájaro.

En una cosa no se habían equivocado los pasajeros de primera clase: monsieur Travagant estaba muy orgulloso de aquel huevo y le dedicaba todo tipo de mimos. Aprovechaba cualquier oportunidad para dejar claro que era el huevo más grande del mundo —cuarenta centímetros de altura, un metro de diámetro—, y que equivalía a doscientos huevos de gallina juntos.

—¡*Aepyornis*! —exclamaba encantado.

El señor Travagant se dirigía con aquel huevo al Museo de Historia Natural de Nueva York, para que fuera estudiado por expertos. Sin embargo, en el barco, ese huevo de ave elefante de Madagascar dio lugar a numerosos rumores y cuchicheos.

—El hijo de Travagant va a nacer de un huevo —murmuraban unos.

—Los belgas siempre, siempre han sido muy extraños —comentaban otros.

—No es su hijo; dentro de ese huevo hay doscientos pollitos —se decía por allí.

—Y pueden salir y picotearnos en cualquier momento —se afirmaba por allá.

—No son pollitos, son elefantes enanos de Madagascar —corregía Lady Paddington.

—Doscientos elefantes son muchos elefantes —sentenciaba Lady Westmister—, aunque sean enanos.

En realidad, como explicaría después el propio monsieur Travagant a Eugéne, el *Aepyornis,* el ave elefante de Madagascar, se extinguió en el siglo XVIII. Y de ese huevo, que había estado enterrado en un pantano durante más de doscientos años, no saldría ya ni ave, ni elefante ni nada de nada.

—Bueno —meditó Eugéne en un momento de la cena mirando el carrito de Travagant—, quizá con el asunto del huevo se olviden de mí y del incidente del muelle.

—No creo —discrepó Peter Davies—. ¿Ve al hombre que está cenando en la mesa de Lady Westmister de Murk?

Eugéne se giró hacia esa mesa y se encontró con los ojos de un sacerdote muy enfadado.

—¡El reverendo Fritzwatter!

—Exacto.

—Pero si él no iba a viajar con nosotros... —se extrañó Travagant.

—Ese es el problema —explicó Davies divertido—. Antes de la cena, Lady Westmister encontró al reverendo en uno de sus baúles. El equipaje se recogió con tanta prisa que el reverendo llevaba allí encerrado desde que se estrelló contra los baúles en el muelle.

6. Nueva York y el ave elefante de Madagascar

Era el último día de un largo viaje en barco y los gritos de los pasajeros se mezclaron con aplausos.

—¡Nueva York!

—¡La Estatua de la Libertad!

—¡Delfines!

A pesar de la grata compañía que Eugéne había encontrado en el señor Davies y monsieur Travagant, aquel había sido un viaje lleno de nervios, puesto que había reunido muchas primeras veces.

Era la primera vez que hacía un viaje tan largo en barco.

Era la primera vez que viajaba a los Estados Unidos.

Y era la primera vez que iba a trabajar para una familia desconocida.

También fue la primera vez que vio delfines. Pero esta primera vez no le puso nerviosa, le pareció una buena señal. No solo los vio ella, pues prácticamente todos los pasajeros se encontraban en cubierta, celebrando que estaban llegando a Nueva York y que la silueta de la gran dama, la Estatua de la Libertad, ya se perfilaba con claridad en el horizonte. Ese fue el momento elegido por un grupo de delfines para acompañarles largo rato, saltando sobre las olas, haciendo brillar sus lomos plateados sobre la espuma del mar. Los pasajeros se agolparon sobre la barandilla del barco para verlos saltar.

—Qué extraordinario, delfines en el Hudson... —se extrañó Peter Davies—. Sin duda es una buena señal.

Eugéne aplaudió entusiasmada:

—¡Cómo brillan! ¡Como un coche nuevo!

Monsieur Travagant apoyó su entusiasmo:

—¡Eso es, mademoiselle! ¡En América todo es nuevo!

Unas horas después, el barco atracó en el puerto de Nueva York. La zona era un hervidero de viajeros, equipajes y mercancías. Si a Eugéne Southampton le había parecido un abarrotado hormiguero, aquel lugar podrían ser diez hormigueros juntos.

A pesar de la actividad que había en el muelle, los ojos de mademoiselle Chignon se iban hacia la gran ciudad que se extendía al otro lado del río,

donde destacaban los más famosos edificios de Nueva York, los rascacielos.

Los pasajeros de primera clase solicitaron al capitán que Eugéne bajase la última del barco, pues tenían miedo de que sucediera algo parecido a lo que ocurrió en Southampton. Por suerte Baptiste Travagant y Peter Davies se quedaron con ella, haciéndole compañía.

La verdad es que habían sido unos excelentes compañeros de viaje, soportando con muy buen humor los accidentes que Eugéne provocaba. Había tenido con ellos divertidas charlas, sobre todo con el señor Davies, quien sabía mucho de literatura. Monsieur Travagant también había leído muchos libros, pero con él, Eugéne no sabía muy bien cómo, todas las conversaciones acababan en el ave elefante de Madagascar y por tanto en su magnífico huevo.

Era costumbre que al finalizar un largo viaje los pasajeros que habían congeniado y compartido tiempo juntos se entregaran sus tarjetas para seguir en contacto.

A Eugéne le hizo gracia comprobar hasta qué punto sus tarjetas definían a esos dos hombres. En la tarjeta del señor Davies se leía un escueto: *Peter L. Davies. Editor en Peter Davies Limited Company,* junto a la dirección de la editorial. En la tarjeta del señor Travagant este se presentaba como:

Baptiste Travagant

Explorador de las Ciencias Naturales
Nacido belga y crecido ciudadano del mundo

Si me busca usted en Bélgica:
Rue du Labrador, 24. Bruxelles

Si me busca usted en el mundo:
Buena suerte

Como ninguno, salvo mademoiselle Chignon, tenía residencia fija allí, Davies y Travagant escribieron el nombre de su hotel en el reverso de sus tarjetas habituales.

Cuando por fin llegó su turno de descender del barco, un numeroso grupo de periodistas esperaba al otro lado de la pasarela.

—¡Ahí viene! —gritaron los periodistas cuando los vieron aparecer, sacando sus cuadernos y alzando sus cámaras fotográficas, dispuestos a preguntar y retratar.

Monsieur Travagant se atusó los bigotes e hinchó el pecho complacido.

—¡Muy bien, Nueva York! —el belga desplegó la mejor de sus sonrisas—. ¡Aquí sí que saben apreciar lo extraordinario!

47

A continuación se giró hacia Eugéne y el señor Davies.

—Ha sido un placer viajar en su compañía —dijo—, pero ahora debo dejarles. Los señores de la prensa están impacientes por retratar al huevo.

Travagant sacó al gigantesco huevo del carrito, avanzó con él por la pasarela y lanzó su grito de guerra:

—¡Aepyornis!

Los periodistas cerraron los cuadernos y bajaron las cámaras.

—¿Quién es este tipo?

—¿Eso es un huevo?

—Que se aparte de la pasarela...

—¡Eso! ¡Usted, el del huevo, apártese!

Monsieur Travagant no comprendía lo que ocurría. Eugéne, que presenciaba todo desde el barco, tampoco.

Peter Davies agarró su maleta y se inclinó hacia Eugéne.

—Mademoiselle Chignon, recoja su equipaje. Será mejor que baje —le aconsejó. Y añadió—: Si no le importa, acérquele el carrito al señor Travagant.

Eugéne tomó una maleta con una mano, se puso otra debajo del brazo y con la mano libre agarró el carrito de bebé.

—Gracias —oyó que decía a su espalda el señor Davies—. Le debo un favor.

Las posibilidades de que alguien como Eugéne pudiera controlar dos maletas y un carrito eran pocas, muy pocas. La maleta que llevaba bajo el brazo se resbaló, la joven francesa intentó atraparla, y para ello soltó el carrito. El carrito de bebé continuó pasarela abajo chocando contra los periodistas.

Los reporteros, asustados, levantaron el carrito.

—¿¡Dónde está el bebé!? —se alarmaron.

El belga reaccionó y se acercó hasta uno de los periodistas.

—No hay ningún bebé —aclaró—. Es el carrito de mi huevo.

—Ah... —masculló el periodista, perdiendo el interés.

—Pero si no han venido a retratar al huevo...
—preguntó Travagant—. ¿Por qué están ustedes aquí?

—Por Peter Pan —le respondió.

—¿Peter Pan?

—Sí, ese caballero que estaba con ustedes. ¿No lo saben? Es Peter Llewelyn Davies. Él fue el niño que inspiró el personaje de Peter Pan.

Eugéne se giró hacia el barco, pero Peter Davies ya no estaba allí.

De repente el grupo de periodistas se puso en movimiento, lanzándose a la carrera hacia el otro lado del muelle. Habían descubierto que el señor Davies les había esquivado, desembarcando por otra pasarela.

—Creo que el señor Davies no quería que le reconociesen —dijo Travagant, mientras colocaba al huevo otra vez en el carrito.

—Sí —coincidió Eugéne—, él ya no es un niño.

—Además un niño que ya no es un niño no es una noticia importante. ¡En cambio un huevo de ave elefante de Madagascar, sí! —Travagant señaló el carrito gesticulando con las dos manos—. ¡¡*Aepyornis*!!

7. Un pastel, la señora Welrush y el hombre más extraño del mundo

«En América todo es nuevo», había dicho monsieur Travagant.

Sin embargo, a pesar de la afirmación hecha por el belga, Eugéne Chignon comprobó que en América no todo era nuevo. La residencia Welrush, construida en una lujosa zona de Manhattan, tenía más de un siglo de antigüedad.

La vivienda estaba rodeada por unos bellos jardines. Un sendero de piedra blanca llevaba hasta el edificio, en el que todo era imponente, sus ocho columnas, sus seis balcones y sus diez chimeneas. Era una casa grande y majestuosa, sin duda demasiado grande para la pequeña familia que la habitaba.

Los señores Welrush no estaban cuando la joven francesa llegó hasta su nuevo hogar, así que Eugéne tuvo que esperar diez minutos en un salón acristalado desde el que se podía contemplar el jardín.

Una criada depositó sobre la mesa una bandeja con una tetera, tazas y un enorme pastel de chocolate.

—Muchísimas gracias, es usted muy amable —dijo Eugéne a la criada.

Su padre le había enseñado que tenía que ser muy cortés con los criados, ya que el puesto de institutriz resultaba incómodo: no formaba parte de ellos, pero tampoco de los señores.

Miró con temor el juego de té. Recordando su experiencia con la marquesa de Puntilliste, pensó que lo mejor era mantenerse alejada de todo tipo de tazas y líquidos. Especialmente de tazas con líquidos dentro.

—Bienvenida, mademoiselle —sonó una voz desde la puerta.

La voz pertenecía al hombre más extraño que Eugéne había visto en su vida. Era muy alto y también muy flaco. Poseía unas manos grandes y huesudas y una nariz larga y afilada, con la que apuntaba o hacia el techo o hacia el suelo, pero nunca de frente. Vestía lo que parecía ser un traje asiático, probablemente chino, de mangas cortas y anchas, y de perneras cortas también, aunque Eugéne no hubiera sabido decir si el diseño del traje era así o en realidad le quedaba pequeño. A pesar de la indumentaria oriental, calzaba unos elegantes botines de estilo inglés y, en la cabeza, lucía un bombín. Podría decirse que era inglés en los extremos y chino en el centro.

—Permitidme que me presente, mademoiselle.

Eugéne comprobó que la forma de andar de aquel hombre era tan extraña como su vestimenta. Adelantaba una de sus larguísimas piernas lentamente, extendiéndola en una gran zancada como si fuese de goma y, a continuación, cuando ese pie ya estaba fijo en el suelo, de un movimiento veloz deplazaba la otra pierna, que con una rapidez sorprendente, casi imperceptible a los ojos, se unía al instante a su compañera.

De esa forma se acercó hasta Eugéne.

—Timothy Stilt, a su servicio —dijo quitándose el bombín e inclinándose en una reverencia en la que su nariz casi chocó contra el suelo.

—Eugéne Chignon —contestó ella algo ame-
drentada.

—Lo sé, mi hermana, la señora Welrush, me lo
dijo —Timothy Stilt señaló el pastel de chocolate—.
¿Le importa que me corte un trozo? Tiene un aspecto muy apetitoso...

—Claro, claro —se apresuró a decir Eugéne.

El hermano de la señora Welrush parecía tener
unos modales exquisitos. Antes de dirigirse al pastel
tomó la tetera y sirvió dos tazas de té. Ofreció la
primera de ellas a Eugéne. Mademoiselle Chignon
no vio forma de negarse y la aceptó.

Tan nerviosa estaba que, en el corto trayecto
que tenía que recorrer hasta su boca, Eugéne volcó
la taza tres veces. Sin em-
bargo, ni una sola gota de
té cayó sobre la alfombra.

Con una velocidad pro-
digiosa, Timothy Stilt hizo
tres movimientos con su taza,
recogiendo cada salpicadura de
té derramada por Eugéne.

Alucinada, la institutriz
bebió un rápido sorbo y
dejó la taza sobre la mesa.

Stilt cogió una paleta
plateada, cortó una fina porción de tar-
ta, de un dedo de grosor, y la sirvió
en uno de los platos.

56

Un motor de coche se escuchó proveniente del jardín. Timothy Stilt sonrió a Eugéne mientras le extendía el plato con el pastel.

—Creo que ha llegado mi hermana.

Un instante después se abrió la puerta del salón y entró la señora Welrush.

La señora Welrush era también delgada y alta, aunque no tan alta ni tan delgada como su hermano. Llevaba un sombrero complicado y majestuoso. Si la mansión Welrush era demasiado amplia para la familia que albergaba, desde luego aquel sombrero era demasiado grande para la cabeza que adornaba.

Desde que entró en el salón, la señora Welrush mantuvo en su cara una permanente expresión de fastidio. Parecía que todo o casi todo la contrariaba.

Nada más verla, Eugéne intuyó que se encontraba ante una de esas personas que hacen que los problemas parezcan culpa de los demás.

—Siento la espera, el chófer conduce muy despacio —dijo la señora Welrush—. De todas formas, ha llegado usted antes de tiempo.

Eugéne asintió mientras pensaba: «Lo sabía».

—Hermana querida —interrumpió Timothy Stilt—, ¿vas a querer un trozo de pastel?

La señora Welrush negó con la cabeza.

—De acuerdo —dijo el hermano.

Timothy Stilt abrió una boca desmesuradamente grande y, ante los ojos asombrados de Eugéne, se abalanzó sobre el pastel como un cocodrilo hambriento. De cinco o seis bocados acabó con todo el pastel sin dejar una sola miga. Después, alzó la cabeza y lanzó una mirada feroz hacia el plato de Eugéne. Sin decir una palabra —y sin usar ninguna cucharilla— atacó el plato, devoró la pequeña porción y devolvió el plato vacío a Eugéne, quien lo sostuvo temblando.

—Hermana, me retiro. Mademoiselle Chignon, ha sido un placer conocerla.

Stilt hizo una pequeña reverencia y se marchó del salón dando sus extraños pasos.

La señora Welrush se sentó con gesto serio y le dirigió a Eugéne una mirada cargada de severidad.

—Señorita Chignon, voy a tener que explicarle a usted unos asuntos. Escuche con atención, porque no me gusta tener que repetir las cosas.

8. Mademoiselle Chignon, disimulatriz

Esos asuntos que la señora Welrush quería explicar a Eugéne fueron en concreto dos: el asunto Timothy y el asunto Alice.

—Mi hermano Timothy y yo no somos norteamericanos, somos de origen inglés —aclaró la señora Welrush—. Mi difunto padre, el coronel Stilt, era muy estricto. Para mí fue relativamente fácil contentarle, yo me casé e hice mi fortuna aquí, en América. Pero para Tim no fue tan sencillo. Mi padre respetaba por encima de todo el coraje y la entrega. Exigió a Timothy que iniciara alguna empresa valiente, alguna misión importante, para hombres hechos y derechos. Mi hermano decidió probar suerte en Asia.

La señora Welrush suspiró.

—Mi hermano tiene mucho talento, pero no para los negocios. Montó un negocio de exportación e importación. Es decir, intentó vender productos europeos en Asia y productos asiáticos en Europa. Lo llamó Importaciones Importantes SL e invirtió todo su dinero. Sin embargo, no había estado nunca en Asia, no tenía ni idea de productos asiáticos, ni tampoco de los productos europeos que gustaban en Asia —volvió a suspirar—. Así que exportó poco e importó mucho, sin importarle qué productos importaba. De hecho, importaba cualquier cosa con tal de que fuera asiática. Y como no le importaba lo que importaba, Importaciones Importantes se arruinó.

—Entiendo —dijo Eugéne (que no había entendido nada).

Según la señora Welrush, Timothy decidió afrontar su ruina con aún más entrega y más coraje, así que se introdujo en el interior de China en busca de un gran producto que nunca se hubiese visto en Europa y que fuese un buen negocio. No encontró un gran producto pero sí un gran desierto, el desierto de Gobi. Allí se perdió y anduvo solo durante semanas. Se quedó sin comida y tuvo que alimentarse de raíces y huevos de pájaro. Pasó hambre, mucha hambre.

—Cuando lo encontró una compañía de circo ambulante —dijo la señora Welrush—, estaba tan débil que no podía mover ni un músculo. Tan solo podía hacer una cosa, parpadear.

Al parecer aquella compañía china de circo cuidó de él hasta que se recuperó. Timothy Stilt estuvo conviviendo y trabajando con ellos hasta que consiguió volver a Europa. La debilidad se fue, pero el hambre no. El hambre se quedó.

—Mi hermano siempre tiene hambre. Siempre —subrayó la señora Welrush—. Se come su comida y la de todos. Y esto molesta mucho a mi marido, el señor Welrush. Mi marido quiere echar a mi hermano de esta casa. Así que, se coma lo que se coma mi hermano, usted disimule. ¿Lo entiende?

—Entiendo —repitió Eugéne (esta vez sí que creía haberlo entendido).

—Más le vale. Si por su culpa mi esposo se enfada con mi hermano —le amenazó la señora Welrush—, será automáticamente despedida.

Un nuevo sonido de motor irrumpió en la propiedad: se trataba del señor Welrush. Eugéne y la señora esperaron un minuto a que el dueño de la casa llegara hasta donde ellas estaban.

El señor Welrush se parecía a una morsa a la que le hubiesen robado los colmillos. Tenía una cabeza esférica, con unas orejas pequeñas y redondas como botones. Los ojos eran diminutos, brillantes y muy separados entre sí. Bajo los ojos se encontraban una nariz chata y un gran mostacho, abundante y marrón.

No parecía tener cuello, sino una serie de pliegues que conectaban la cabeza con un cuerpo globoso e hinchado, que inflaba hasta el límite una chaqueta azul.

El señor Welrush saludó, aunque no dio mucha importancia a la presencia de Eugéne allí. Parecía tener en su cabeza preocupaciones más relevantes.

Se sirvió una taza de té.

—¿Os habéis terminado el pastel? —preguntó.

—Se lo ha comido todo mademoiselle Chignon —mintió la señora Welrush—. Parece que el viaje en barco le ha abierto el apetito.

Eugéne abrió la boca para protestar, pero finalmente no dijo nada. Además, se dio cuenta de que todavía tenía el plato vacío de pastel en la mano.

—Íbamos a hablar de Alice —continuó la señora Welrush con normalidad.

El señor Welrush se giró hacia la francesa y por primera vez le prestó atención.

—Mademoiselle Chignon —dijo moviendo el bigote—, es usted muy joven.

—Sí —contestó Eugéne, nerviosa.

—¿Recuerda que en nuestro anuncio especificábamos que necesitábamos a una persona con buena capacidad para mentir?

—Sí.

—¿Es buena mentirosa?

—Sí.

—¿Me está mintiendo ahora?

—Sí.

—¿¡Cómo!?

—No.

—¿No, qué?

—¿Puedo...?

—¿¡Que si puede qué!? ¿Mentirme a mí?

—Que si puedo dejar el plato.

El propio señor Welrush cogió el plato de Eugéne y lo dejó sobre la mesa. Parecía estar perdiendo la paciencia.

—Verá, señorita, mi hija Alice tiene... —hizo una pausa buscando la palabra adecuada— una obsesión. Está obsesionada con el personaje de *Alicia en el País de las Maravillas*. Quiere ser esa Alicia, el personaje de Lewis Carroll. Se viste y se peina como ella. Pero eso no es lo peor. Intenta colarse por los agujeros de los árboles, busca madrigueras de conejos, hace y dice todo tipo de locuras.

—Todo tipo de locuras —subrayó la señora Welrush.

El señor Welrush alzó el dedo índice en un gesto amenazador.

—Se lo advierto: en esta casa está prohibido leer a Lewis Carroll. Y tenemos nuestras razones. Somos el hazmerreír de la buena sociedad de Nueva York. Nuestra hija pregunta a la gente si han visto al conejo blanco que llega tarde, asegura que los animales pueden hablar y dice que ella solo juega al *croquet* usando esos pájaros rosas...

—Flamencos —aportó Eugéne.

—Eso es, flamencos. Nada más parece interesarle —se lamentó el señor Welrush—. Pero le gustó la idea de tener una institutriz si era francesa. Creo que porque la Alicia del País de las Maravillas sabe hablar francés. Bueno, por eso está usted aquí.

Eugéne respiró aliviada. Si su misión era ayudar en la educación de la niña, enseñarle francés, es algo que podría hacer bien.

—El problema es que mi universidad, la Universidad de Columbia, ha organizado un acto para conmemorar los cien años del nacimiento de Lewis Carroll. Y el Comité de Excelencia de Eventos ha tenido una infeliz idea.

—¿Ese es el comité en el que trabaja usted? —preguntó Eugéne, intentando recordar lo que ponía en la carta que le enviaron.

—¡No-no-no-no-no! —se indignó el señor Welrush—. Yo pertenezco al Comité de Magnificación de Eventos. Son dos comités claramente diferentes.

Eugéne asintió algo asustada, aunque, desde luego, no le parecían dos comités tan diferentes. El señor Welrush respiró hondo —la chaqueta pareció a punto de estallar—, recuperó la compostura y preguntó:

—¿Conoce usted personalmente a Alicia?

—¿El libro? Sí, señor.

—No, el libro no, al personaje.

Eugéne dudó.

—No, a Alicia no. Conocí a Peter Pan. Vine con él en el barco.

—¿Que conoció a Peter Pan? —bufó el señor Welrush—. ¿Has oído, querida? Dice que conoció a Peter Pan.

—Peter Pan no nos importa —zanjó la señora Welrush.

—Es cierto, no nos importa. Lo que importa es que el Comité de Excelencia ha invitado a la universidad a Alice Liddell Hargreaves, a quien van a dar un homenaje el día 4. ¿Sabe usted quién es Alice Liddell Hargreaves? —le preguntó.

—No. Lo siento.

—No lo sienta. El que lo siente soy yo. Alice Liddell es una anciana, pero cuando tenía diez años, la misma edad que tiene ahora nuestra Alice, conoció a Lewis Carroll y él la eligió para que fuera la protagonista de su relato. Alice Liddell sí es *esa* Alicia, la del libro. Es la Alicia que quiere ser Alice.

Eugéne sintió que se mareaba: primero importaciones importantes que no importaban nada y ahora una Alice que era la Alicia que quería ser otra Alice. Esto empezaba a superarla.

—Y... Y yo... —dudó Eugéne— ¿Qué... qué tengo que hacer?

—Usted disimule.

«Más disimulos», pensó Eugéne.

—Disimule, manipule, mienta. A Alice Liddell le van a hacer el homenaje el mismo día de su ochenta cumpleaños, este miércoles día 4. Hoy es día 1, son solo cuatro días. No queremos que nuestra hija Alice nos avergüence delante de todo Nueva York. Mienta todo lo que tenga que mentir. Pero que mi hija no se entere de que el personaje que le vuelve loca, la Alicia de Lewis Carroll, la del País de las Maravillas, va a estar en esta misma ciudad.

Eugéne Chignon, institutriz francesa, desastriz profesional, tenía ahora un trabajo de disimulatriz en Manhattan, Nueva York, América, a miles de kilómetros de la comarca de Les Arcs.

Sintió muy lejanos (y casi fáciles) los tiempos en los que sirvió a los barones, al duque y a la marquesa de Puntilliste. Por un momento le pareció que los días de tropezones, bandejas y tazas rotas habían quedado muy atrás. Pero solo fue por un momento.

Hasta que los señores Welrush dijeron:

—Es hora de que conozca a nuestra Alice.

Y salieron de esa sala y entraron en otro salón. Y ese nuevo salón estaba lleno de mesas y estantes. Y las mesas y estantes estaban también llenas.

—Por... Porcelana... —balcuceó Eugéne.

—Sí —respondió orgullosa la señora Welrush—. Soy una de las mayores coleccionistas de figuras de porcelana de Norteamérica. Son mi única debilidad.

Nunca en su vida había visto tal cantidad de platos, soperas, vasijas, jarras y ánforas, que convivían en las apretadas mesas y estantes con pastores, músicos, animales y angelitos hechos del mismo frágil material. Todo tipo de cosas, de todo tipo de tamaños, jarrones grandes como tinajas y dedales diminutos decorados con exquisitez. Todos parecían tan bellos, tan caros y tan rompibles...

Eugéne contuvo la respiración, pegó las manos al cuerpo y avanzó con pequeños pasos por la alfombra color burdeos que atravesaba la sala. Por suerte, el camino que marcaba aquella alfombra estaba casi libre de figuras. Casi, porque Eugéne tuvo que pasar junto a dos perros dálmatas de porcelana de tamaño natural, que vigilaban la sala con ojos tranquilos. Solo cuando llegó hasta la escalera que conducía a las habitaciones superiores se permitió respirar de nuevo.

En el primer piso, los señores Welrush se detuvieron delante de la puerta de un dormitorio. La

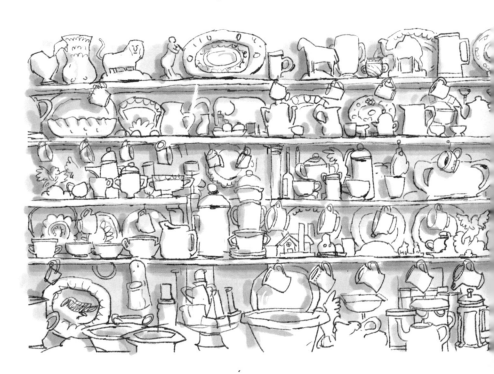

señora Welrush hizo una pausa con la mano sobre el picaporte y dijo:

—Recuerde, mademoiselle. Nuestra hija no puede saber nada de la venida de Alice Liddell. ¿Entiende lo que ocurrirá si lo descubre?

—Sí.

—¿Qué ocurrirá?

—Si Alice conoce a la Alice que es Alicia las cosas importantes importarán poco.

—¿¡Cómo!?

—Que seré automáticamente despedida.

La señora Welrush giró el picaporte y abrió la puerta.

—Adelante.

9. Alice

La puerta daba a una habitación grande y bien iluminada. Rodeada de periódicos viejos, con los que jugaba a hacer pequeñas bolas de papel, estaba Alice.

La niña que Eugéne encontró tras la puerta era exactamente la misma que había repasado varias veces en la fotografía (pelo rubio y largo, ojos claros con largas pestañas, cabeza un poco grande comparada con su cuerpo y pies en cambio algo pequeños), pero con una importante diferencia. La Alice de la foto sonreía, y esta parecía estar muy enfadada.

Uno de los criados apareció discretamente junto a la puerta e informó al señor Welrush de que tenía una llamada de teléfono en su despacho. A pesar de ser domingo, le llamaban de la universidad, del Comité de Excelencia. Al señor Welrush se le puso el semblante más serio todavía, los ojos más pequeños y se le arrugó el entrecejo, amorsándose aún más si cabe.

—Odio la excelencia... —murmuró. Y bajó a atender la llamada.

Sin la presencia de su marido, la señora Welrush hizo las presentaciones:

—Esta es mi hija, Alice. Alice, saluda a tu nueva institutriz, mademoiselle Chignon.

La niña cambió el gesto de enfado por uno de curiosidad. Hizo una pequeña reverencia y dijo en francés.

—*Enchantée...*

—*Enchantée de faire votre connaissance* —contestó Eugéne—. Alice, me gusta tu vestido.

—Alice está castigada —dijo la señora Welrush.

—¡Es injusto! —protestó la niña.

—No es injusto —la madre alzó la mano y señaló hacia una esquina de la habitación—. Alice ha destrozado la casa de muñecas. Ha arrancado uno de los pisos.

Eugéne miró en la dirección que apuntaba el índice de la señora Welrush y abrió la boca atónita, pero no porque a la casa de muñecas le faltara el primer piso, sino por el hecho de que aquella casa de madera —con sus columnas, sus balcones y sus chimeneas— era una réplica perfecta de la residencia Welrush.

—¿Qué le parece, mademoiselle Chignon? ¿Qué hacer cuando una se encuentra algo así?

Eugéne dudó un segundo.

—Pues, lo primero, supongo, preguntar a la niña qué ha ocurrido. ¿Por qué has hecho eso Alice?

Alice se sorprendió agradablemente. No estaba acostumbrada a que le preguntaran sus razones para hacer o no hacer algo. Sin embargo, la señora Welrush no la dejó contestar.

—Lo ha hecho por pura rabia. Porque le hemos quitado los libros de Lewis Carroll.

—¡No es verdad!

Eugéne miró la zona de la casa de muñecas donde antes debía de estar el primer piso. No había trozos de madera, ninguna astilla. No parecía ser el resultado de golpes o patadas, sino de un corte cuidadoso.

Una cabeza con bombín apareció en la ventana del dormitorio y, tras la cabeza, el cuerpo largo y delgado de Timothy Stilt.

—Oh, no, Timothy —protestó la señora Welrush—. No me gusta esa manía tuya de entrar por las ventanas.

—¡Tío Tim!

Alice abandonó de nuevo su enfado y se abalanzó hacia su tío, dándole un gran abrazo. En realidad, abrazó una de sus piernas, puesto que el resto

del señor Stilt quedaba fuera de su alcance. Timothy se quitó el bombín y se lo puso a Alice en la cabeza.

—Te queda mucho mejor a ti que a mí —le dijo.

Timothy Stilt dio una de sus grandes zancadas de tal forma que la casa de muñecas quedó entre sus piernas. De repente se dobló por la cintura y examinó el edificio de juguete.

—Creo que a esta casa le sobra algún piso —introdujo la nariz por una de las ventanas—. Me lo huelo.

Se puso firme de nuevo apuntando la nariz hacia Alice.

—¿Qué opinas de la señorita Chignon, Alice? ¿Te gusta tu nueva institutriz?

—Todavía no lo sé —contestó la niña.

Pero entonces Alice hizo algo extraño: parpadeó dos veces seguidas.

Timothy Stilt sonrió y también parpadeó dos veces.

10. La niña que adoraba a Alicia y el hombre que odiaba la excelencia

Eugéne Chignon pasó el resto del día junto a Alice. Era una muchachita desconcertante: primero pensó que sería una niña presumida, como les pasaba a Petulant y Arrogueth, los hijos de la marquesa de Puntilliste. Pero no era así, Alice no parecía necesitar que los demás la admiraran.

Después, pensó que quizá era una niña desobediente, como Rebellise, la hija del barón de Àgauche, pero Alice, a pesar de lo que dijera la señora Welrush, era dócil y muy bien educada.

También pensó que todo podría ser un problema de timidez. Cuando alguien es muy tímido le cuesta relacionarse con los demás, como le pasaba a Sustard, el hijo del barón de Àdroite. Pero no, Alice tenía un carácter fuerte y miraba siempre directamente a los ojos.

Lo que estaba claro es que no había una buena relación entre Alice y sus padres. Quizá tan solo se trataba de que eran personas muy diferentes, con gustos diferentes.

Aquella tarde, dieron su primera clase de francés. Le enseñó los nombres de los colores. La niña se mostraba interesada y aplicada.

—Azul, *bleu;* amarillo, *jaune;* verde, *vert;* rojo, *rouge* —repetía con voz cantarina.

Alice se parecía sin duda a la protagonista de *Alicia en el País de las Maravillas,* pero más allá de su aspecto, no hizo nada que indicara que estaba obsesionada con ese libro.

Sin embargo, algo de razón tenían sus padres puesto que en un momento de la clase hizo la siguiente pregunta:

—Mademoiselle, ¿qué significa *Où est ma chatte?*

—Significa: ¿Dónde está mi gata?

Eugéne recordó que esa pregunta se la hacía la protagonista del libro de Lewis Carroll a un ratón. El ratón del País de las Maravillas huía asustado porque se pensaba que Alicia tenía de verdad un gato.

—*Où est ma chatte?* —repasó Alice— ¿Lo he pronunciado bien?

—Muy bien —la felicitó—. ¿Por qué te interesa? ¿Tienes una gata?

—No, no tengo.

—¿Y un ratón francés? —preguntó Eugéne. Quería comprobar si de verdad aquella niña estaba pensando o no en el libro de Lewis Carroll.

—Tampoco —la niña esbozó una sonrisa traviesa—. Pero me gustaría.

Eugéne creía que era ella la que estaba averiguando cosas sobre Alice. Pero al ver la sonrisa de la niña, entendió que había sido al revés. Alice acababa de comprobar que Eugéne sí había leído *Alicia en el País de las Maravillas.*

Era su primer día en aquel lugar, su primer encuentro con Alice y ya había incumplido uno de los cuatro puntos que señalaban los señores Welrush en su carta: *3) Si nuestra hija Alice le menciona algo de esos libros, usted deberá responder que no los ha leído ni tiene interés en hacerlo.*

Eugéne se preocupó al pensarlo y sintió que un calor nervioso enrojecía sus mejillas.

Al ver a Eugéne ponerse colorada, Alice se levantó, señaló la cara de la francesa y dijo:

—Rojo, *rouge.*

Después de la clase, como Alice estaba castigada, no pudieron salir al jardín. Se quedaron en su cuarto, e hicieron flores de papel, similares a las rosas, con trozos de periódicos.

Como a Eugéne no le salían las flores tan bien como a la niña, optaron por trabajar en equipo. Eugéne preparaba los trozos de periódicos del tamaño adecuado y Alice los doblaba hasta hacer una rosa.

Alice ponía una absoluta atención en lo que hacía. Lo que fue un alivio cuando Eugéne descubrió alarmada que en uno de los periódicos venía una noticia que Alice no debía saber.

The New York Times.

LA ALICIA ORIGINAL
VISITA AMÉRICA

Eugéne arrugó la hoja y la escondió en uno de sus bolsillos. La niña no se dio cuenta, no solo porque estaba concentrada sino porque Timothy Stilt se acercó dando sus peculiares zancadas.

—¡Qué buen montón de rosas de papel!

—Sí, tío, ayúdame a meterlas en esta caja.

Stilt, con movimientos rápidos reunió todas las flores de papel en el interior de la caja que le dio Alice.

—Tío, por favor —le solicitó Alice—, ¿te encargarás de tirarlas?

—Claro —Stilt parpadeó una vez lentamente.

—¿Cómo? —preguntó extrañada Eugéne—. ¿No quieres guardarlas?

Mademosielle Chignon no entendía por qué Alice, después de todo el esfuerzo y el tiempo gastado en hacer todas esas flores de papel, quería tirarlas.

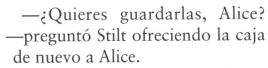

—¿Quieres guardarlas, Alice? —preguntó Stilt ofreciendo la caja de nuevo a Alice.

Alice parpadeó un par de veces y luego dijo:

—No.

Instantes después, Eugéne atravesaba la planta baja de la casa en busca del señor Welrush. En su planta inferior, la residencia Welrush tenía diversas habitaciones: varios salones y comedores, la biblioteca, el despacho del señor Welrush y la sala de la porcelana (que Eugéne siempre evitaba atravesar, dando tremendos rodeos para no entrar en aquella habitación llena de objetos delicados). También estaba la sala del billar, donde finalmente encontró al señor Welrush.

Era una sala totalmente forrada de madera. En la pared estaban los tacos de billar. Esos palos largos y barnizados llamaron mucho la atención de Eugéne, pues en Les Arcs no acostumbraban a jugar al billar.

El señor Welrush tenía uno de aquellos palos de billar en la mano e, inclinado sobre la mesa, golpeaba las bolas con energía, desahogando algún enfado interior.

Golpeaba con tanta rabia que una de las bolas salió por los aires, rebotó y llegó hasta los pies de Eugéne.

—Ah, señorita Chignon —la saludó—. Traiga esa bola, por favor.

Eugéne recogió la bola y la dejó caer sobre la mesa. La bola empujó a otras tres que se deslizaron hasta colarse en tres de los agujeros de las esquinas.

El efecto dominó parecía servir para algo. Aunque al señor Welrush no le hizo mucha gracia que Eugéne colara tres bolas de golpe.

—Lo siento... —se excusó—. Venía a hablarle de un problema.

—Yo ya tengo un problema —fue la cortante respuesta.

—*Pardon?*

—La universidad... —refunfuñó el señor Welrush—. Quieren eliminar el comité del que soy presidente.

—Oh, lo siento. Eso sí que es un problema. ¿Y por qué quieren eliminarlo?

—La universidad está convencida de que el Comité de Magnificación de Eventos no vale para nada.

—¿Y para qué sirve?

—Pues para nada.

Eugéne se quedó callada. El señor Welrush dejó el palo de billar sobre la mesa y se encendió una pipa. Dio un par de caladas y, a través del humo, le dirigió una mirada de morsa enfurruñada.

—El Comité de Magnificación tiene ciento setenta y ocho años de antigüedad, tantos como la universidad. Y ha tenido treinta y cinco presidentes. Pero hace tiempo que no sirve para nada —explicó—. El Comité de Excelencia ya se encarga de que los eventos sean excelentes. No tiene sentido convertirlos en magníficos. Hoy en día nadie distingue algo excelente de algo magnífico. ¿No cree?

—Me temo que yo tampoco —confesó Eugéne.

—Ni yo —aclaró el señor Welrush—. La cuestión es que yo soy el presidente ahora, y después de ciento setenta y ocho años no quiero pasar a la historia como el que acabó con el comité después de treinta y cinco presidentes. Que le toque al presidente treinta y seis.

El padre de Alice dio un par de caladas más a la pipa.

—Pero no sé si lo lograré. No lo creo...

El humo ascendió llevando su color gris hasta el techo. El mismo color parecía instalado en el ánimo pesimista del señor Welrush.

De repente el dueño de la casa reparó en que Eugéne estaba en la sala de billar en lugar de estar con Alice.

—¿Qué hace aquí? ¿Por qué ha dejado usted a mi hija sola?

—No, no está sola. Está con su tío, el señor Stilt.

—¡Muy mal! Cualquier día se la come en uno de sus ataques de hambre.

—Yo creo que se quieren mucho...

—¡Fatal! Ese hombre está como una regadera.

—La cara de Alice se alegra cada vez que le ve...

—Pues yo me alegraré el día que no lo vea más en esta casa.

Eugéne recordó la razón que le había hecho bajar hasta allí. Extendió la hoja de periódico al tiempo que decía:

—Hay que revisar los periódicos antes de dejar a Alice jugar con ellos. Mire.

El señor Welrush frunció el ceño al ver el titular: La Alicia original visita América.

Dedicó unos segundos a leer la noticia, repitiendo en voz baja las palabras. Según iba leyendo su mostacho se fue electrificando, moviéndose nervioso de lado a lado.

—El Comité de Excelencia ha propuesto que un premio Nobel presente a Alice Liddell... —el bigote se aceleró tanto que a Eugéne le dio la impresión de que cepillaba sus palabras—. El último premio Nobel de la Paz, Nicholas Murray Butler, quien es además el rector de la universidad, será quien la presente al público...

—¡Oh, un premio Nobel de la Paz! ¡Pero eso es una idea excelente! —comentó Eugéne, que solo había leído el titular, no el resto de la noticia.

—Ese es el problema —los ojos del señor Welrush adquirieron un tono ceniciento—. Debería ser una idea magnífica, no una idea excelente.

El padre de Alice arrugó el papel de periódico, estrujándolo en un puño.

—Y yo... yo...

El puño que tenía dentro la arrugada noticia le temblaba, estaba lleno de furia. Esa furia trepó por

su brazo, estremeció su hombro, removió su papada y explotó en un grito en su boca:

—¡LA ODIO! ¡ODIO LA EXCELENCIA!

11. Seis regaderas

—B uenas noches.
—¡Ahhhh, *mon Dieu!* ¡Qué susto!
Eugéne se encontraba asomada a su balcón. Había decidido salir a observar el cielo estrellado sobre la ciudad de Nueva York. Aunque justo en ese momento no estaba mirando el cielo, sino en dirección contraria, miraba hacia abajo, a la tierra del jardín.

—Buenas noches —repitió Timothy Stilt.

Pero Eugéne no respondió. Se había llevado un buen susto.

La residencia Welrush tenía scis balcones y Eugéne tuvo la suerte de que uno de ellos correspondiera a su habitación. Aunque ella era solo la institutriz, su dormitorio se encontraba en la zona más elegante de la casa. Esto se debía a que la habían instalado en la habitación que estaba al lado del dormitorio de Alice.

Eugéne salió a respirar el aire nocturno antes de dormirse. Le gustaba aquel balcón, era amplio y tenía unos tiestos con flores. En una esquina, en el suelo, había una regadera roja.

Quiso usar la regadera, pero en cuanto intentó regar el primero de los tiestos, la regadera resbaló de sus manos y cayó al jardín.

Estaba inclinada, escrutando la tierra oscura, intentando distinguir dónde había caído la regadera, cuando Timothy Stilt dijo sus «buenas noches» y Eugéne casi se muere del susto.

—Siento haberla asustado —dijo el hombre del bombín.

Eugéne estaba acostumbrada a que por la noche le dijeran buenas noches. A lo que no estaba acostumbrada es a que se lo dijera un tipo que trepaba por la pared.

Timothy estaba agarrado al tubo de desagüe que recorría de arriba a abajo la fachada.

—Suelo volver a mi habitación por este camino —explicó—. Me resulta más interesante.

Stilt dio un salto y se sentó en la barandilla del balcón de Eugéne. Miró hacia abajo.

—¿Se le ha caído a usted algo?

—Sí... —respondió Eugéne ya recuperada del susto—. Se me ha caído la regadera.

—No se preocupe, mañana la encontraremos —la tranquilizó Stilt—. Espere un segundo, que le traigo otra.

Timothy Stilt saltó de nuevo al canalón del desagüe, y del canalón a otro de los balcones. Cogió allí una regadera y, con dos ágiles saltos, hizo el camino de vuelta.

—Aquí tiene.

—Gracias —contestó Eugéne al recibir la regadera.

—¿Le gustan a usted las plantas?

—Sí. Especialmente regarl...

Eugéne golpeó el borde de uno de los tiestos y la segunda regadera cayó al jardín.

—No se preocupe —repitió Stilt. Atravesó de dos saltos su balcón, alcanzó otro balcón y volvió a la velocidad del rayo—. Aquí tiene otra.

Eugéne sonrió y la tomó con una mano. Pero esta regadera estaba tan llena de agua que no consiguió hacerse con ella y depositarla en el balcón. También cayó al jardín.

—Pe... pesaba mucho —se disculpó Eugéne.

—Es culpa mía por no habérselo advertido, no se mueva.

Stilt dio varios saltos, pasó por los otros tres balcones, se columpió de un farol, se agarró varias veces al canalón del desagüe y volvió con tres regaderas más.

A estas alturas Eugéne ya estaba totalmente colorada y muy nerviosa.

—Pruebe con esta —dijo Stilt, dándole otra regadera.

—Gra... ¡Ay! Lo siento.

—Fascinante. Tome esta otra.

—No hace falta. Seguro que la tiro otra vez. Bueno, si insiste... ¡Ay!

—Impresionante. Ha tirado usted cinco regaderas.

—Se lo dije. ¿Me va usted a dar la sexta?

—Si le parece la dejo yo mismo dentro del balcón.

—Mejor.

Stilt dio un salto dentro del balcón y colocó la regadera en el suelo, en la esquina donde encontró Eugéne la primera de ellas.

El hermano de la señora Welrush introdujo una mano dentro de su chaqueta oriental y sacó una barra de pan del tamaño de un brazo de Eugéne.

—¿Le apetece a usted un poco de pan?

—No, gracias.

—Estupendo —contestó Stilt. Y, acto seguido, colocó la barra en vertical sobre su propia boca, como si fuera un tragasables de circo, y la devoró de tres bocados.

Era difícil de entender cómo un hombre que comía tanto estaba tan delgado.

—Señor Stilt, ¿puedo hacerle una pregunta? —se animó Eugéne.

—Depende, ¿tiene que ver con comida?

—No, tiene que ver con párpados.

—Entonces sí.

—Me he fijado en que a veces Alice y usted parpadean y sonríen.

—Es una costumbre que tenemos.

—Una costumbre rara.

—No tanto como tirar regaderas.

—Lo sé... —se sonrojó Eugéne—. Pero no creo que sea una costumbre, creo que es un código, un lenguaje.

Timothy Stilt sonrió, apuntándole con su gran nariz.

—Exacto. Muy bien, mademoiselle Chignon. Es el lenguaje de cuando no se puede hablar. ¿Le han contado que me perdí en el desierto?

—Sí... En el desierto de Gobi.

—Cuando me encontraron no tenía fuerzas para moverme, no podía ni hablar. Así que me comunicaba con parpadeos. Un parpadeo largo era no y dos parpadeos cortos significaban sí.

—Entonces era eso...

—Una vez se lo conté a Alice y le gustó mucho. Así que lo utilizamos para decirnos sí o no entre nosotros sin que lo descubran mi hermana o el señor Welrush. ¿Lo entiende?

En lugar de decir sí, Eugéne parpadeó dos veces.

—¡Muy bien! —la felicitó Stilt.

El hermano de la señora Welrush se giró hacia el paisaje nocturno y permaneció en silencio unos segundos.

—Apuesto a que guarda usted todavía el anuncio —dijo sin volverse hacia Eugéne—. El

anuncio que puso mi hermana en los periódicos franceses y la trajo hasta aquí.

La institutriz sonrió y se internó en su habitación. Al momento salió con un ejemplar de *L' Herald des Arcs*. Lo abrió por la penúltima página y señaló la esquina donde estaba el anuncio.

Timothy Stilt dedicó unos instantes a leer aquellas líneas.

—Es un anuncio muy pequeño —observó—. para un cambio tan importante.

—Sí... —suspiró Eugéne—. Un anuncio muy pequeño.

Stilt tamborileó con los dedos de ambas manos sobre su bombín.

—Supongo que le pareceremos gente extraña, de comportamiento extraño. Y es cierto. Pero es que en el mundo suceden cosas extrañas. No hay más que leer los periódicos.

Después levantó el índice y dijo:

—Me gustaría regalarle algo.

Stilt introdujo la mano de nuevo en su chaqueta, pero esta vez no sacó una barra de pan, sino otro ejemplar de periódico.

—Este es un número de *The Straits Times*. Me mantiene informado de las cosas que ocurren en China. Es un periódico viejo, de hace un año. ¿Le gustan las noticias pequeñas? Lea esta.

La página correspondía a la sección Noticias de Shanghái. Timothy señaló con uno de sus dedos una noticia en concreto.

El pequeño texto informaba de cómo un general chino, el general Ho Chien, gobernador de la provincia de Hunan, había prohibido un libro. El libro en cuestión era *Alicia en el País de las Maravillas*. Lo más curioso era la razón que daba el general para prohibirlo. Le parecía intolerable que hubiera animales que hablaran. Hablar era una cualidad humana y, según su opinión, no había que confundir a los niños.

—¿Lo prohíbe porque salen animales que hablan? —se sorprendió Eugéne.

—Y con razón —subrayó Stilt. Después dio un salto y se agarró de nuevo al canalón—. Si dejamos que los animales hablen, ¿qué será lo próximo? ¿Señores que trepan por las paredes?

Sin esperar respuesta, Stilt saludó con su bombín y trepó con agilidad por la pared.

Eugéne lo observó con la boca abierta hasta que desapareció por la ventana de su habitación, en la tercera planta.

Una vez sola, devolvió la mirada a la noticia de aquella lejana provincia china. La volvió a leer. En el periódico no venía ninguna foto del general Ho Chien. Por alguna razón, Eugéne lo imaginó como un personaje de Lewis Carroll, con cabeza de animal y vestimentas humanas. ¿Qué animal sería? Una rana, o mejor, un sapo. Un sapo de uniforme militar, con gesto severo y un reluciente sable.

Respiró hondo e intentó disfrutar de la brisa de aquella noche de primavera.

Había conseguido sobrevivir a su primer día, ese día 1, en la residencia Welrush. Si conseguía aguantar hasta el día 4, después todo sería más sencillo.

Posó su mirada sobre la última regadera. Ese objeto, con su trompa llena de agujeros, parecía reírse de ella. Se imaginó al general sapo Ho Chien que le decía: ¡Mademoiselle Humana, no puede dejarse usted vencer por una regadera!

Se armó de valor. La agarró y la levantó dispuesta a regar las plantas. Esta vez la regadera no podría vencerla.

Pero sí pudo.

—¡Ay, no, no! *¡Mon Dieu!*

—¿La sexta? —preguntó Timothy Stilt asomándose a su ventana.

—La sexta.

12. Tres malas ideas

Día 2 de mayo de 1932, hora del té. En la ciudad de Nueva York, una casa. Dentro de la casa, un pasillo. Asomada al final de ese pasillo, una cabeza pelirroja. En esa cabeza pelirroja, unos ojos. Ojos que escudriñaban cada paso entre ese punto y la sala de billar.

—No hay Timothy a la vista —informó Eugéne.

Unos centímetros más abajo se asomó otra cabeza, en este caso rubia y solo de diez años de edad.

—¿Seguro? Mi tío sabe esconderse en cualquier sitio. Una vez pasó todo un fin de semana en el techo del salón principal, agarrado a la lámpara de cristal.

—¿Sí? ¿Por qué hizo eso?

—Se celebraba el banquete de honor del comité. Mi padre le prohibió que pusiera sus pies en el suelo de ese salón.

—¿Y no los puso?

—En el suelo no.

Eugéne y Alice sostenían, cada una, una bandeja de *madeleines*, magdalenas francesas. No había solo unas pocas, sino que eran dos verdaderas montañas de magdalenas. Las habían hecho entre las dos, como regalo de Alice para sus padres. Habían decidido hacer muchísimas, pensando en que Timothy Stilt intentaría comerse gran parte de ellas, y las habían adornado con pasas.

Eugéne se giró hacia Alice:

—Bien, esta es la estrategia. Tus padres están tomando el té en el salón acristalado. Dividámonos. Así tendremos más posibilidades. Tú irás por la derecha, saldrás al jardín y pasarás por la entrada principal. Yo iré por el pasillo y la sala de billar. Una de las dos tenemos que llegar hasta tus padres con las magdalenas. *D'accord?*

—De acuerdo —dijo Alice.

—De acuerdo —dijo Timothy Stilt.

Niña e institutriz se giraron sorprendidas. Y sí. Allí estaba. Una gran nariz, una gran sonrisa, modales exquisitos y hambre feroz.

—*Mon Dieu!* —exclamó Eugéne.

—¡Mi tío! —gritó Alice.

—Magdalenas... —se deleitó Stilt—. Y con pasas...

—¡Corre!

Eugéne y Alice corrieron con toda la velocidad que sus piernas fueron capaces. Aun con la presión de tener a Stilt junto a ellas, lograron seguir el plan. Dividieron sus caminos. Alice se dirigió al jardín mientras que mademoiselle Chignon continuó pasillo adelante por el interior de la casa.

Stilt en un principio siguió a Eugéne. La institutriz huyó como pudo por el pasillo, intentando proteger las magdalenas. Aunque sabía que era inútil: con sus piernas interminables, Stilt la alcanzaría en seguida. Para colmo, ya estaba perdiendo gran parte de las magdalenas por el camino, pues se le caían de la bandeja al correr tan desaforadamente.

Como Eugéne se temía, Timothy la alcanzó al final del pasillo. Sin embargo hizo algo inesperado. Alargó la mano, cogió un gran puñado de magdalenas, se lo metió en la boca y se marchó por uno de los salones laterales.

Eugéne se quedó petrificada. En su bandeja todavía quedaba un buen montón de magdalenas. ¿Por qué Stilt no se las había comido todas? «Quizá su hambre no es tan feroz como parece», pensó.

Pensamiento que desechó cuando vio las intenciones del hermano de la señora Welrush.

Stilt atravesó el salón en el que se encontraba, abrió la ventana que daba al jardín, se quitó el bombín y esperó un segundo. Al instante, apareció Alice corriendo con su bandeja de magdalenas. Stilt asomó su larguísimo cuerpo por la ventana y, barriendo con su mano izquierda, volcó todo el contenido de la bandeja en el interior del bombín.

—Pero tío... —se quejó Alice desolada, mirando su bandeja vacía.

Stilt introdujo su cabeza en el sombrero. El sonido de su masticar de magdalenas llegó hasta Eugéne.

De repente la francesa volvió en sí: ¿Qué hacía allí, paralizada?

Siguió corriendo y entró en la sala de billar. La puerta tenía una llave puesta y la echó, sintiéndose a salvo por un momento. Tan solo un momento, porque en una de las otras dos puertas que tenía esa sala apareció el perfil delgado de Timothy Stilt.

—Mademoiselle, ¿le importa que me sirva alguna de esas deliciosas magdalenas?

Eugéne cogió uno de los palos de billar y lo esgrimió como si fuera una espada.

—¡Atrás!

Stilt retrocedió hasta la pared, pero no lo hizo con intención de rendirse. Agarró dos palos y se subió de un salto sobre el tapete verde de la mesa.

Eugéne avanzó dando estocadas con la mano derecha mientras sostenía la bandeja con la izquierda. Sin embargo, Stilt no tenía intención de practicar esgrima de madera con ella. En lugar de eso, tomó los palos de billar con sus grandes manos y los colocó como si fueran dos gigantescos palillos chinos.

De repente, un movimiento a la velocidad del rayo, y dos magdalenas desaparecieron de golpe de la bandeja.

—Deliciosas, mademoiselle. La felicito.

—Ay, no... —se lamentó Eugéne.

Otro movimiento. Y otro. Y otro. Como el picoteo veloz de un ave invisible, Stilt iba atrapando con sus superpalillos chinos las magdalenas, sin que Eugéne pudiese esquivarlo.

No tenía sentido seguir en la sala de billar, pues Stilt estaba acabando con las magdalenas de forma irremediable. Mademoiselle Chignon optó por huir de nuevo. Corrió hasta la primera de las puertas, la más cercana a ella. Stilt la persiguió robándole más magdalenas. Entre las que se le habían caído al correr por el pasillo y las que había devorado el hermano de la señora Welrush, cada vez quedaban menos. La institutriz se giró y movió desesperadamente el palo de billar intentando defender su preciada mercancía. Situó la bandeja a su espalda y caminó hacia atrás protegiendo las magdalenas con su cuerpo.

Así, entró en un nuevo salón.

—Mala idea —advirtió Timothy Stilt.

Sí. Y no una. Fueron, en total, TRES malas ideas.

1. Fue una mala idea entrar DE ESPALDAS en una habitación.

2. Fue peor idea aún entrar de espaldas en una habitación AGITANDO UN PALO DE BILLAR.

3. Pero, sobre todo, fue una idea pésima entrar de espaldas agitando un palo de billar en ESA habitación.

Porque aquel era el salón de la porcelana de la señora Welrush.

El pánico se apoderó de la institutriz al ver en dónde se había metido. Sintió que toda la habitación con su frágil contenido giraba como si fuera un vertiginoso tiovivo. Pero en seguida descubrió que no era la habitación la que giraba, sino ella.

Tardó apenas un segundo en impactar con el taco de billar contra un mueble con jarrones. Uno de ellos inició un balanceo peligroso, bailando con su cintura abombada y, lo que es peor, invitando con sus meneos a bailar a los jarrones vecinos.

Eugéne arrojó el palo de billar lejos de sí, como si le quemara, y el palo se estampó contra una pared, desequilibrando un estante que estaba lleno de platos. El estante se escoró igual que un barco que se hunde, y las porcelanas, comandadas por un pla-

to amarillo que tenía dibujado un cuervo negro, comenzaron a deslizarse hacia el abismo.

Eugéne miró tanto al jarrón que no dejaba de balancearse como al estante de platos suicidas, dudando de hacia qué punto correr. Por fin, soltó la bandeja de magdalenas sobre una mesa y corrió atropelladamente hacia el estante, para intentar nivelarlo antes de que los platos de porcelana cayeran al suelo. Uno de sus pies se atoró bajo la alfombra mientras el otro pie decidió seguir caminando sin esperar a su compañero. Como resultado inevitable, Eugéne cayó de bruces.

Derrumbada, cerró los ojos y se tapó los oídos, esperando escuchar el estruendo de platos y jarrones rotos que provocaría su catastrófico efecto dominó.

Pero no se escuchó nada.

Bueno, sí que escuchó, pero no fue ningún estruendo, sino una petición.

—Mademoiselle...

Eugéne no se atrevía a abrir los ojos.

—Mademoiselle, por favor. Necesitaría su ayuda un momento.

Mademoiselle Chignon abrió los ojos y vio un insólito espectáculo. Timothy Stilt estaba de pie junto a la pared, con cada uno de sus brazos y piernas extendidos hacia un lado diferente de la habitación. Tenía la espalda pegada al muro, bajo la estantería de platos suicidas. Sin embargo, los platos ya no corrían peligro. El estante desnivelado estaba recto de nuevo: ahora se hallaba apoyado directamente sobre la cabeza del señor Stilt.

Tan solo uno de sus pies estaba sobre las baldosas, pues con la pierna derecha impedía que uno de los dálmatas de porcelana, empujado por la alfombra arrugada por Eugéne, golpeara sus manchas contra el suelo.

El brazo derecho de Timothy estaba totalmente extendido hacia el frente, agarrando por la punta uno de los palos de billar. De esta forma, brazo más palo, conseguía atravesar el salón y controlar al jarrón bailarín, que cada vez se balanceaba menos, estabilizando su danza diabólica.

Pero lo más sorprendente era que en la otra mano sostenía el otro palo de billar, en vertical, y en la punta de ese palo, dando vueltas, se encontraba el plato amarillo con el cuervo negro dibujado en su interior.

—Mademoiselle, hágame un favor —solicitó Stilt—. Atrape este plato amarillo, o el cuervo que tiene dibujado volará pronto hacia el suelo.

Eugéne se incorporó e hizo lo que le pedía Timothy Stilt. Se subió a una silla y atrapó el plato amarillo.

Con esa mano liberada, Stilt pudo encargarse de todo lo demás. Es decir: dejó quieto el jarrón, arregló el estante de los platos, estiró la alfombra y enderezó el dálmata de porcelana.

Lo hizo todo con suma rapidez. Casi con la misma rapidez con la que se comió las últimas magdalenas de la bandeja. Al final no había quedado ni una sola. Dos enormes montones devorados en unos minutos.

—¿Me permite el plato, mademoiselle? —Eugéne se había olvidado de que tenía el plato amarillo aún en las manos.

Timoty Stilt lo tomó y lo examinó.

—Oh...

—¿Oh?

—Sí, oh —se lamentó Stilt—. El plato se ha arañado en la parte de abajo. Es muy poco, como una picadura. ¿Lo ve?

Eugéne lo vio. Era un arañazo que había rascado la superficie amarilla. Por suerte era en una zona que no se veía. Si colocaban el plato en su sitio nadie lo notaría.

—Bueno... —suspiró Stilt—. Hay que decírselo a mi hermana.

—¿Decírselo a la señora Welrush? —se angustió Eugéne—. Pero... ¿por qué? Si es un arañazo que ni siquiera se ve...

Timothy Stilt señaló con un movimiento a todos los objetos que había en aquel salón.

—Toda esta porcelana, mademoiselle, es muy importante para mi hermana. Y no está bien que nos engañen con las cosas que nos parecen importantes. ¿No cree?

Eugéne detuvo su mirada en el rostro de Timothy Stilt. Meditó por un momento las palabras que había dicho. De repente aquel hombre extravagante le pareció muy sabio.

—Sí, habrá que decírselo —admitió Eugéne—. Y también tendré que recoger las magdalenas que se me han caído al suelo por el pasillo.

—Ah, no se preocupe —dijo Stilt quitándole importancia—. Eso no hará falta.

—¿No hará falta? ¿Por qué?

Stilt sonrió, y su nariz pareció hacerse más larga y afilada con la sonrisa.

—Porque me las iba comiendo según caían.

13. Los no-conversadores de una no-conversación

Probablemente todos sepáis lo que es una conversación, pero quizá no conozcáis lo que es una no-conversación. Una no-conversación no es lo mismo que un silencio. Un silencio es cuando nadie habla ni hace ruido. Una no-conversación es cuando nadie dice lo que quiere decir.

Los silencios pueden ser relajantes y agradables. Las no-conversaciones al contrario, ponen nervioso a todo el mundo.

Eugéne, dando sus clases a los hijos de los nobles, había aprendido que cuando todo el mundo habla a la vez, lo normal es que nadie entienda nada. Pero esa tarde, en la residencia Welrush, asistió por primera vez en su vida a una no-conversación, donde el problema no fue que todos hablaran a la vez, sino que nadie habló lo que tenía que hablar.

No fue un silencio, no. Las palabras estaban allí, un montón de palabras. Cuando se juntaron en el salón acristalado, todos tenían algo que decir.

Eugéne quería decir a la señora Welrush que se había arañado el bonito plato amarillo con el cuervo negro. Pero no dijo nada, escondió el plato detrás de su espalda, porque si contaba lo sucedido el señor Welrush se enteraría de que Stilt se había comido sus magdalenas.

Por su parte, Stilt quería decir que había sido culpa suya que se hubiera dañado ese plato, al perseguir la bandeja de magdalenas. Pero no dijo nada, porque no quería que se descubriera que Eugéne era una desastriz que dañaba las cosas.

El señor Welrush quería comentar con su mujer una hoja que había cortado del periódico. Pero hizo como Eugéne: escondió la hoja de periódico a su espalda y no dijo nada, porque en esa noticia que tenía en la mano se informaba de que Alice Liddell estaba alojada en el hotel Waldorf-Astoria, a poca distancia de allí, y por supuesto no quería que su hija lo supiese.

La señora Welrush quería preguntar a Eugéne por qué demonios habían aparecido, aquella mañana, seis regaderas entre los arbustos que había bajo su balcón. Pero no dijo nada de las regaderas porque temía que Timothy tuviera algo que ver (siempre tenía que ver con las cosas extrañas) y no quería que su marido pudiese cargarle toda la culpa a su hermano.

Y, por último, Alice quería decirles a sus padres que tenía para ellos un regalo: cuatro magdalenas que había escondido en su vestido, salvándolas de ser devoradas. Pero, claro, no dijo nada de sus magdalenas, porque su tío y su hambre magdalenicida estaban allí al lado.

Por estas razones, aunque todos deseaban decir algo, nadie dijo lo que quería decir. Los cinco se miraron mientras sentían cómo las palabras se agolpaban dentro de sus bocas cerradas. Así estuvieron no-conversando durante un minuto.

Otro de los problemas de las no-conversaciones es que cuando terminan, las palabras que estaban retenidas salen en desbandada, sin orden y, a menudo, sin sentido.

Eso pasó cuando Eugéne, que no estaba acostumbrada a no-conversar, no pudo más y estalló:

—¡Yo arañé el cuervo! —gritó.

—¿A un cuervo? —se extrañó la señora Welrush.

—No, fui yo —dijo Stilt—. Me las comí.

—¿Qué te comiste qué? —preguntó el señor Welrush suspicaz.

—¿Y las regaderas? —interrumpió la señora Welrush.

—Fui yo —admitió Eugéne.

—No, fui yo —insistió Stilt—. Me las comí todas.

—¿¡Las regaderas!? ¿¡Todas!? —se escandalizó el señor Welrush.

—Sí, todas —Timothy se encogió de hombros—. Ya sabéis. Tengo mucha hambre.

—Todas no, sobraron cuatro —dijo Alice.

—Cuatro no, seis —corrigió la señora Welrush—. Están en el jardín, entre los arbustos.

—¿Que hay seis más? Ahora vuelvo —Y Stilt abrió una de las ventanas del salón acristalado y saltó hacia el jardín.

En ese momento Alice vio el plato que Eugéne tenía en la espalda. Lo cogió, volcó sobre él las cuatro magdalenas que tenía escondidas y se las mostró feliz a sus padres.

—*Voilà*, un regalo: *madeleines*. Magdalenas francesas. Las hemos hecho nosotras.

—¿¡Esa es una de mis porcelanas!? —se alarmó la señora Welrush.

—Alice, habría que esconderlas —advirtió Eugéne—, para que tu tío no se las coma.

—¿Quién? ¿Timothy? ¡Que ni se atreva! —dijo el señor Welrush enfadado, agitando la hoja de periódico.

—Buena idea, señor —Eugéne cogió la hoja de periódico y se la dio a la niña—. Toma, Alice. Tápalas con esto.

—No, no... —intentó decir el señor Welrush.

—Son regaderas, no magdalenas —dijo Stilt desilusionado, apareciendo de nuevo por la ventana.

—¡No interrumpas! ¡Fuera de aquí! —le rugió el señor Welrush, nervioso por la posibilidad de que Alice leyera la hoja de periódico.

Viendo el mal humor que de repente se había apoderado de su cuñado, Timothy saludó con el sombrero y decidió marcharse.

—Buenas tardes —dijo con cortesía antes de desaparecer.

—¡Dios mío! ¡Está aquí! —gritó Alice.

Alice estaba leyendo la hoja de periódico que tapaba el plato con las magdalenas. Eugéne miró alternativamente las caras de Alice y su padre. La felicidad de ella, el horror en él. Y lo entendió. Demasiado tarde, pero por fin entendió que el señor Welrush no quería que su hija posase sus ojos sobre ese trozo de periódico.

—¡En Nueva York! —se entusiasmó la niña.

—Estamos perdidos, Alice se ha enterado —murmuró el señor Welrush—. Y ni siquiera se me ha ocurrido algo para salvar la reputación del Comité de Magnificación...

—Papá, mamá —les llamó ilusionada— ¡Es él!

—¿Él?

—Sí, Humpty Dumpty, el señor Huevón.

—¿El señor qué?

Los señores Welrush y Eugéne se acercaron hasta la mesa. Fueron ya ocho ojos los que se posaron sobre el periódico. Alice no había visto la noticia sobre Alice Liddell. La noticia prohibida había quedado en la cara de abajo, hacia las magdalenas. Alice había leído una noticia que había en la otra cara de la hoja.

Eugéne no pudo evitar una sonrisa cuando leyó el titular.

Bajo ese titular se veía la foto de un gigantesco huevo y un sonriente Baptiste Travagant al lado.

Al ver la foto, Alice había relacionado en seguida ese huevo con uno de sus personajes favoritos del País de las Maravillas, Humpty Dumpty, don Huevón. Era también uno de los personajes preferidos de Eugéne, un señor huevo que vivía en lo alto de un muro.

—¿Un huevo? —se asombró la señora Welrush.

—Sí, un huevo gigante. De *Aepyornis* —aclaró Eugéne—. Conocí al dueño en el viaje en barco.

—Si yo tuviera un huevo así —dijo Alice—, lo vestiría como Humpty Dumpty. Quedaría magnífico.

El señor Welrush abrió mucho los ojos. Su bigote onduló de izquierda a derecha y de derecha a izquierda.

—Sí... —musitó— Quedaría magnífico...

De repente, el señor Welrush sonrió. Eugéne se dio cuenta de que era la primera sonrisa que veía al dueño de la casa en los dos días que llevaba allí.

—¡Una idea magnífica! —exclamó Welrush alzando en brazos a su hija—. ¡Mag-ní-fi-ca!

Alice rio al ser levantada por los aires y continuó riendo cuando fue depositada en el suelo. No entendía nada, pero, al ver a su padre tan contento, se dejó contagiar por la alegría.

—¿Y dice usted que conoce a este señor *Aepyornis*? —preguntó la señora Welrush.

—No, *Aepyornis* es el pájaro que puso ese huevo —respondió Eugéne—. A quien conozco es al dueño, Baptiste Travagant.

—¡Magnífico! —repitió el señor Welrush. Y añadió—: ¡Tengo que hablar con el comité!

De ser una morsa, el señor Welrush hubiera sido
en ese instante la morsa más rápida del mundo,
puesto que abandonó el salón en un segundo corriendo en dirección al teléfono de su despacho.

—Mamá —llamó Alice.

—No.

—Lo quiero.

—No.

La voz de Alice adquirió un tono de extraña
obstinación. La tozudez le hizo fruncir el ceño.

—Quiero ese huevo.

—No —repitió cortante la señora Welrush.

—¡Es el huevo del libro! —gritó Alice.

—Ese libro está prohibido en esta casa. Y todo
lo que tenga que ver con él, también.

—¡Es Humpty Dumpty y lo quiero!

La señora Welrush miró fríamente a su hija y preguntó:

—¿Y para qué lo quieres?

Alice no supo qué contestar. O quizá sí lo supo pero, como en una no-conversación, decidió que era mejor no decirlo.

La boca se le llenó de furia. La alegría de unos momentos atrás se convirtió ahora en rabia.

—¡QUIERO ESE HUEVO!

La cabeza de Timothy Stilt volvió a asomarse por la ventana.

—¿Huevo? ¿Alguien ha dicho algo de un rico huevo?

14. Buenas noches (sin sustos)

Aquella noche, cuando, antes de irse a dormir, Eugéne salió al balcón a respirar un poco de aire puro, lo respiró más tranquila. A pesar de las persecuciones y los enfados, todo había ido bien. Había superado un día más en aquella casa sin desvelar el secreto de la visita de Alice Liddell. Y aunque su habilidad para provocar desastres le había jugado malas pasadas, al final no había ocurrido nada grave.

Es más, el señor Welrush estaba ahora de muy buen humor, porque había contactado con Baptiste Travagant y este había accedido a colaborar con el Comité de Magnificación. Decorarían el huevo como si fuese Humpty Dumpty del País de las Maravillas y lo situarían encima de un muro, lugar habitual donde vivía aquel personaje según Lewis Carroll.

Incluso le pondrían unos brazos y unas piernas postizos, para que resultase idéntico a como salía en las ilustraciones de ese libro.

¡El huevo más grande del mundo! La protagonista del libro se encontraría con otro personaje del

País de las Maravillas hecho realidad. Sería una sorpresa inesperada para la señora Liddell Hargreaves. Inesperada y, sobre todo, magnífica.

Pero, claro, todo se haría a escondidas de la pequeña Alice. Esa era la única sombra en la conciencia de Eugéne aquella noche. «Disimule, manipule, mienta», le había dicho el señor Welrush. Y eso es lo que estaba haciendo con la niña: disimular, manipular, mentir. Y tendría que seguir haciéndolo.

«Solo hasta pasado mañana», se consoló. «Solo dos días más».

Aquella tarde habían dado más clase de francés y leído algunos cuentos clásicos. Eso sí, de cualquier autor que no fuera el autor prohibido, Lewis Carroll.

Después, hicieron de nuevo algunas manualidades con papel. Primero unas cuantas flores (parecía que a la pequeña le relajaba hacer esas flores), después Alice le pidió a Eugéne unos cordeles y unas tarjetas de cartón para confeccionar unas etiquetas. Una vez más Alice no se quedó con nada de lo que hicieron, sino que se lo dio todo a su tío Timothy, supuestamente para que lo tirara. Aunque Eugéne estaba segura de que todas aquellas cosas eran convenientemente guardadas en algún sitio de la casa.

Con todo, entre el francés, los cuentos y las manualidades, al final de la tarde Alice se había olvidado ya de su enfado.

Había sido, en definitiva, un buen día.

Antes de volver al dormitorio, Eugéne contempló las luces de los rascacielos unos segundos.

—Buenas noches, Nueva York —le dijo a la ciudad que llenaba el horizonte.

Y Nueva York, desde sus altos edificios, respondió con una fresca brisa nocturna.

—Buenas noches, señor Stilt —le dijo también a la sombra que escalaba por la fachada.

Y Timothy Stilt, desde el canalón al que estaba agarrado, respondió con un saludo de sombrero y siguió trepando pared arriba.

15. Los peligros de hablar en voz alta

El día 3 era el día clave. Era el día anterior a que se le hiciera el homenaje a Alice Liddell en la universidad. Los periódicos y la radio no dejaban de anunciar el evento. Y el evento, como querían los comités, iba a ser de verdad excelente y magnífico.

—Incluso más magnífico que excelente —matizaba el señor Welrush.

Eso en caso de que hubiera alguien capaz de distinguir lo excelente de lo magnífico, claro.

Se esperaba la asistencia de unas dos mil personas al acto. Entre ellas, el premio Nobel de la Paz, Nicholas Murray Butler. En ese año, 1932, se cumplían cien años del nacimiento de Lewis Carroll y, en ese día, 4 de mayo, Alice Liddell celebraba su ochenta cumpleaños.

Había incluso una cosa más: el manuscrito original. Lewis Carroll escribió *Alicia en el País de las Maravillas* para regalárselo a Alice Liddell. La primera copia se la dio en 1864, cuando era una niña, pero cuando creció la señora Liddell Hargreaves no pudo conservarla. La vendió cuando atravesó algunos apuros económicos. Pues bien, ese primer manuscrito, también estaría expuesto en el homenaje en la Universidad de Columbia.

Demasiadas cosas sobre el mundo de *Alicia en el País de las Maravillas*, mucho que ocultar en una casa en la que estaba prohibido leer a Lewis Carroll.

Eugéne tuvo bien cuidado de que ningún recorte de periódico cayera en manos de Alice. Y cada cierto tiempo daba un repaso por la casa apagando cualquier radio que estuviese encendida.

Todo parecía controlado.

Sin embargo, aquella mañana Alice hizo algo que no debía hacer. Mademoiselle Chignon no supo cómo, ni cuándo lo hizo (porque Eugéne pasaba casi todo el tiempo junto a la niña), pero el hecho es que lo hizo.

Y la señora Welrush descubrió algo que no debía descubrir. Y lo que la señora Welrush descubrió fue lo mismo que Alice había hecho: un nuevo ataque a la casa de muñecas. El segundo piso de la casa de madera había desaparecido.

La señora Welrush se tomó ese nuevo ataque como una afrenta personal.

—Alice, eres como un animal rabioso —acusó a su hija—. No se puede destrozar una casa como esta a patadas.

Sin embargo, una vez más, la casa de muñecas no parecía haber sufrido ningún asalto rabioso. El segundo piso, al igual que el primero, había sido cortado cuidadosamente y quitado como quien extrae un cajón de una cómoda. «De patadas nada», pensó Eugéne, «ha hecho un buen trabajo».

El problema fue que no solo lo pensó.

La señora Welrush se volvió furiosa hacia ella.

—¿Cómo ha dicho?

—¿Yo? —se sorprendió Eugéne—. No he dicho nada.

—Ha dicho que esto le parece un buen trabajo.

—Sí... Esto es... No... ¿Lo he dicho en voz alta?

La ira de la señora Welrush se extendió a la institutriz como un incendio incontrolable.

—¡¡Y usted!? ¿Dónde estaba usted, mademoiselle Chignon? —le espetó—. Un descuido, otra torpeza más ¡y será automáticamente despedida!

El portazo con el que se despidió al salir de la habitación hizo que Eugéne y Alice dieran un pequeño salto.

A los pocos segundos, dos suaves toques llamaron a la puerta. La puerta se abrió y apareció Timothy Stilt dando sus peculiares zancadas.

—¿Qué le ocurre a mi hermana? —preguntó.

—Se ha enfadado por la casa de muñecas —respondió Eugéne.

—Entiendo —asintió Stilt—. Aunque como ella siga dando esos portazos destrozará otra casa, la de verdad.

Alice caminó hacia su tío con el rostro serio.

—Tío, no quiero que despidan a mademoiselle Chignon. Ni automáticamente ni desautomáticamente.

La niña bajó la voz, aunque no tanto como para que Eugéne no la escuchara:

—Quizá es mejor que lo sepa —susurró.

—Hum... Alice... —reflexionó Stilt apuntando con la nariz hacia el techo.

(A Eugéne le recordó a un arpón de cazar ballenas).

—Hum... ¿Tú crees que...? —reflexionó ahora Stilt con la nariz apuntando hacia el suelo.

(A Eugéne le recordó a un número 1).

—¿... podemos confiar en mademoiselle Chignon?

Alice miró a Eugéne y sonrió. Después dijo dos cosas. Una al pronunciar una frase:

—Yo creo que...

Y otra al parpadear dos veces: SÍ.

—No hace falta que utilicéis el lenguaje que se usa cuando no se puede hablar —dijo Eugéne algo molesta—. Porque conmigo podéis hablar.

Alice y su tío se miraron con complicidad.

Entonces Alice dio un paso adelante y dijo:

—Mademoiselle, esta tarde, cuando mis padres estén tomando el té, quiero enseñarle algo.

—¿Algo? —preguntó Eugéne.

—Sí, algo. Algo mío. ¿Cómo se dice secreto en francés?

—*Secret*.

—Eso. Un *secret*.

16. La habitación de las maravillas

Eugéne tenía entendido que la habitación de Timothy Stilt era una de las más grandes de la casa. Pero, al entrar en ella con Alice y el señor Stilt, se encontró con un espacio pequeño en el que no se veían casi muebles. Parecía una celda de monasterio. Tan solo había un enorme biombo chino, una cama y un armario. Las paredes, totalmente desnudas, no tenían más adorno que la ventana por la que entraba Stilt cada noche. El elemento de decoración más llamativo era ese enorme biombo oriental, que ocupaba por completo uno de los lados.

A petición de Alice, su tío Timothy había cargado la casa de muñecas hasta allí.

—Disculpe, pero tengo las manos ocupadas —se excusó—. ¿Le importaría apartar el biombo?

Eugéne apartó el biombo. Tras el biombo había una cortina.

—Hay que correr también la cortina —dijo Alice—. Pesa mucho.

Eugéne agarró un extremo de la cortina y tiró con fuerza. La cortina era bastante gruesa y las arandelas se deslizaron con dificultad. Tras la cortina había una persiana. Sin esperar instrucciones, tiró directamente del cordel para que se levantara. Y, tras la persiana, Eugéne encontró un panel corredizo.

—Este pesa poco —explicó Alice—. Ya lo muevo yo.

El panel estaba hecho de madera y un papel translúcido. La niña lo movió fácilmente.

—¡Oh! —exclamó Eugéne al ver lo que había tras el panel.

—Sí —corroboró Alice.

Así que realmente Timothy Stilt disfrutaba de un dormitorio enorme: una gran habitación, casi tan grande como uno de los salones de la planta baja, se extendía ante ella.

Eugéne habría esperado encontrar algún grupo de objetos extravagantes o exóticos, traídos por Stilt de sus viajes por el mundo. También pensó que quizá el hambriento cuñado almacenaba todo tipo de comida robada al señor Welrush. Pero no, allí no había nada de eso. De hecho no había nada que perteneciera al señor Stilt. Todo era de Alice. Y, lo que era más importante, todo estaba hecho por Alice.

Aquella habitación estaba llena de objetos del País de las Maravillas, copiados por Alice, construidos a partir de papel, cartón, maderas y todo tipo de materiales.

En una pared había un gran rosal hecho con las rosas de papel a las que habían dedicado tanto tiempo. Cerca del rosal vio unos cuantos naipes gigantes dibujados en grandes cartones. Eugéne comprendió sorprendida que aquellos eran los soldados de la Reina de Corazones, que según

el libro, debían pintar el rosal de color rojo si no querían que la reina les cortase la cabeza.

La sala entera parecía un enorme decorado en el que se juntaban escenarios de los libros de Lewis Carroll. Estaba la mesa para merendar con el sombrerero... Un paraguas abierto había sido convertido en una seta gigante, y sobre el paraguas una almohada había sido disfrazada de oruga fumadora... Más allá había un sillón transformado en trono real... En una pared estaban pintadas una serie de puertas diminutas...

—¿Has hecho tú todo esto?

Alice le tomó la mano a la boquiabierta institutriz.

—Sí, venga conmigo —le indicó.

La llevó hasta una zona en la que la niña había construido tres columnas finas y altas con un techo redondo encima. Un poco más allá había cuatro columnas más de ese tipo. Eugéne no quiso acercarse mucho, no parecían muy resistentes.

—Cuidado, no hay que apoyarse —le avisó Alice—. Se doblan.

Las tres columnas estaban hechas con páginas de periódicos

pegadas entre sí. En lo alto, el techo parecía la tapa de una de las cajas para sombreros de la señora Welrush.

—Tío Tim, deja la casa aquí cerca.

Stilt depositó la casa de muñecas suavemente en el suelo y se apartó de una zancada.

Alice acercó una caja de madera oscura con adornos de color rojo. Parecía una de esas cajas musicales.

—Esta caja no la he hecho yo —advirtió con seriedad—. Lo que hay dentro sí. Tío, ¿puedes cerrar los ojos?

Stilt gruñó, pero cerró los ojos.

Cuando se abrió la caja, sonó una suave melodía mecánica. Efectivamente, era una caja de música.

El interior estaba forrado de terciopelo rojo. Allí había dos objetos que Alice le mostró a Eugéne como si fueran dos tesoros.

Había un frasquito lleno de líquido con una etiqueta. Era una de las etiquetas que Alice había confeccionado el día anterior. En la etiqueta se leía BÉBEME.

Había también una magdalena. Era una de las magdalenas que Alice había cocinado con Eugéne. En la parte superior, escrito con pasas, se podía leer CÓMEME.

Eugéne reconoció qué dos objetos mágicos eran aquellos. Alice había creado dos copias de la bebida y la comida prodigiosas del País de las Maravillas. Se trataba del líquido que si bebías te encogía de tamaño y la comida que si tragabas te hacía crecer hasta no caber en la habitación.

—Mire, mademoiselle. Funciona.

Y era cierto, a su manera, funcionó. Alice le dio un bocado a la magdalena que te hacía crecer y guardó el resto en la caja de música, vigilando de reojo a su tío. Al cerrar la tapa, la música cesó. Pero comenzó otra cosa. Alice se miró las manos y los pies, estirando los dedos como si los sintiera extraños.

—¡Estoy creciendo!

A continuación se metió dentro de la casa de muñecas.

De repente aquella niña se convirtió totalmente en la Alicia del País de las Maravillas: una niña gigante dentro de una casa.

Después, salió de la casa de muñecas, cogió el frasco con la etiqueta BÉBEME, le dio un trago y le ofreció también a Eugéne.

—Tome, mademoiselle. Pruebe usted también, es el líquido que encoge.

Eugéne, maravillada por todo lo que allí había creado el trabajo y la imaginación de esa niña, dio un trago de la pequeña botella.

Alice le tomó la mano de nuevo y la acercó hasta las columnas de papel de periódico.

—¿Lo ve? —insistió la niña—. Funciona.

Mademoiselle Chignon observó detenidamente aquella construcción con papel de periódico. No eran columnas, era una mesa gigante de tres patas. Y un poco más allá, había una silla gigante, hecha también de periódicos. Eugéne entendió que si usaba la imaginación podía sentir que aquella mesa y aquella silla no eran muy altas, sino que eran Alice y ella las que, al beber el líquido mágico, habían encogido.

—Tienes razón, Alice. Funciona.

Alice estuvo un buen rato mostrándole todos los decorados que había construido durante el último año. Parecía imposible que una niña de diez años hubiese hecho todo eso sin ayuda.

—El tío Tim sí que me ha ayudado.

—Muy poco —puntualizó Stilt quitándole importancia.

—Muy mucho —insistió Alice—. Lleva y trae las cosas. Y me guarda los libros. Me los esconde aquí arriba.

Alice se acercó hasta dos voluminosos libros que descansaban sobre una silla. Eran dos ejemplares ilustrados de los libros de Lewis Carroll, *Alicia en el País de las Maravillas* y *Alicia a través del espejo.*

—En realidad esto es lo más secreto del secreto —dijo Alice señalándolos—. Están prohibidos.

Eran dos ejemplares de lujo, quizá demasiado grandes. Cuando Alice abrió uno de ellos se vio muy pequeña al lado del libro, como si hubiese bebido de verdad un líquido mágico que la hacía encoger. El gran tamaño de esos tomos tenía el inconveniente de que a la niña le costaba manejarlos, pero a cambio ofrecía una gran ventaja: las ilustraciones se veían amplias, impactantes, fascinantes. Asomarse a una página de uno de esos libros era como asomarse a una ventana al País de las Maravillas.

Stilt se acercó a Eugéne y dijo una frase que la francesa no entendió.

—Mire, Mademoiselle. Mire cómo miro cómo mira.

A pesar de no entender qué pretendía, Eugéne le hizo caso. Miró a Stilt, quien a su vez miraba a Alice.

El cuerpo y la nariz de Stilt eran como una flecha que indicaba el camino. La mirada de Eugéne siguió la dirección que indicaba esa flecha y llegó hasta Alice y las ilustraciones del libro.

Alice las miraba hipnotizada y tocaba la superficie del papel como si en cualquier momento su mano fuera a atravesar la frontera que la separaba del País de las Maravillas.

Si el general sapo Ho Chien hubiera estado allí, habría fruncido el ceño y gritado: ¡Mademoiselle Humana, no diga usted nada! Pero la institutriz no pudo más:

—¡Alice, ahora soy yo quien tiene que contarte algo!

Y lo contó.

17. ¿A... aquí?

Cuando Alice escuchó quién, cómo y cuándo iba a estar al día siguiente en la universidad, más que sorprenderse se quedó muy seria. Como si le hubieran comunicado algo muy grave. Tartamudeó:

—¿A... aquí?

—Sí.

—¿En Nueva York?

—Sí.

—¿Esa Alicia, la de verdad?

—Sí.

—¿A... aquí?

—Que sí, Alice, que sí.

La niña por fin lo asumió y entonces pudo sorprenderse. Abrió mucho la boca primero y, aprovechando que ya tenía la boca abierta, la expandió en una gran sonrisa.

Después, en un segundo, volvió la seriedad a su rostro:

—Tengo que conocerla.

Eugéne miró a Stilt preocupada. Pero este se limitó a encogerse de hombros y apuntó con su nariz hacia el techo. «Automáticamente despedida», pensó mademoiselle Chignon.

Ya había revelado el secreto, el Gran Secreto. La habían contratado especialmente para que no hiciera lo que acababa de hacer. Ni siquiera había aguantado los cuatro días.

Pero, una vez que lo había contado, no podía pedir a la niña que lo olvidara y actuase como si el día siguiente fuera a ser un día normal. Si abres una caja de música, no puedes pedir a los demás que no escuchen la melodía.

Sin embargo, todas las opciones que pasaban por su mente acababan con las mismas dos palabras. Hiciera lo que hiciera, en el momento en el que los señores Welrush se enteraran de que había contado a Alice la verdad, sería «automáticamente despedida».

—Podemos... —propuso Stilt sin dejar de apuntar al techo— acercarnos antes o justo después del homenaje. Con suerte Alice podría ver a la señora Liddell. Allí habrá mucha gente. No tenemos por qué encontrarnos con mi hermana o mi cuñado.

A Eugéne no le pareció una buena idea. Pero tampoco peor que cualquier otra.

—Tengo que verla —repitió Alice—. Tengo que preguntarle una cosa. Sobre el conejo blanco. No consigo ver al conejo.

La niña se volcó sobre los libros de Carroll, hojeándolos intensamente, buscando las ilustra-

ciones en las que aparecía dibujado el conejo blanco. De repente se detenía y miraba a algún punto de
la habitación, ensimismada. Parecía que el resto del
universo hubiese dejado de existir.

—Ay, *mon Dieu*... —se lamentó Eugéne al ver el
comportamiento de Alice—. Esto no va a salir
bien...

—Es más que probable, mademoiselle —coincidió Stilt.

—Soy un desastre. Yo ya sabía que Alice querría
conocer a la verdadera Alicia. No sé por qué le he
contado todo.

—Yo sí lo sé —dijo Stilt—. Porque todo esto de Lewis Carroll, Alicia y el País de las Maravillas, es muy importante para mi sobrina.

—Ya... —Eugéne asintió y citó las palabras que el propio Stilt había dicho la tarde anterior—. Y no está bien que nos engañen con las cosas que nos parecen importantes.

—Exacto. Esa es la razón por la que no estaba bien seguir ocultándole eso a Alice —Stilt alargó la mano y cogió la caja de música—, igual que no ha estado bien ocultarme a mí que quedaba una magdalena todavía.

Stilt abrió la caja y se zampó de un bocado el resto de magdalena.

La dulce melodía mecánica inundó la habitación.

—Porque para mí, mademoiselle, las magdalenas son muy, muy importantes.

18. Los Tres Magníficos

El día 4 había llegado. Tanto el señor como la señora Welrush habían abandonado ya la casa en dirección al recinto de la universidad donde le darían el consabido homenaje a la señora Liddell.

Stilt había realizado labores de espionaje para averiguar cómo podían encontrarse con Alice Liddell sin que aquella aventura acabara en tragedia. Utilizando sus habilidades trepadoras había conseguido escuchar varias conversaciones del señor Welrush. Así pudieron trazar un plan.

La universidad había dividido la visita en tres momentos. Primero, el reencuentro de la señora con el manuscrito original; después el homenaje con público y periodistas; y por último una recepción privada en uno de sus salones, donde, por un lado, la señora Liddell podría conversar con el Nobel de la Paz (lo que sería excelente) y por otro el Comité de Magnificación sorprendería con un detalle a la homenajeada (lo que sería magnífico).

«El detalle será el señor Travagant y su *Aepyornis*», recordó Eugéne.

Si conseguían esconderse en un punto del recorrido que llevaba a ese salón, tendrían una oportunidad de que Alice conociera a la señora Liddell Hargreaves, aunque fuera un instante.

—Tendremos que escondernos bien —le dijo Eugéne a Alice mientras se miraban al espejo.

La dificultad estribaba en conseguir acceder a la zona de la universidad donde se daría la recepción privada. Entrar en la universidad para el homenaje público no sería tan complicado, puesto que asistirían unas dos mil personas. Pero, según el señor Stilt, a la zona privada solo podrían pasar los profesores de Columbia, los organizadores del homenaje, los miembros de los comités, personalidades como el premio Nobel o el cónsul general de Gran Bretaña y los acompañantes de la señora Liddell Hargreaves, es decir, su hijo Caryl y su hermana Rhoda, que habían hecho el viaje con ella desde Inglaterra.

Alice y Eugéne se habían vestido con ropas elegantes, para parecer invitadas al homenaje. Aún así no sabían cómo conseguirían pasar a los salones privados sin invitación.

Eugéne vio acercarse a Stilt en el reflejo del espejo. Se situó detrás de ellas. Eugéne le había sugerido que cambiase su traje chino por un chaqué, para que no llamara la atención. Stilt le había hecho caso. Pero si la intención era que el hermano de la señora Welrush no resultara llamativo, había fracasado: vestido de blanco y negro, con los picos del chaqué tiesos como dos plumas negras, Stilt parecía un pájaro más que nunca, una mezcla entre ser humano y cigüeña.

«Al menos hoy le combina bien el bombín», se fijó Eugéne.

Stilt se inclinó, doblándose por la cintura con su asombrosa elasticidad, y situó su sonriente cara a la altura de Alice.

—¿Preparada? —preguntó.

—¡Sí! —exclamó Alice muy animada.

—Será una misión difícil —se preocupó Eugéne.

—No importa, mírenos, somos los Tres Magníficos, el equipo adecuado para esta difícil misión —dijo Stilt—. Como diría mi padre, el difunto coronel Stilt, esta es una misión para hombres...

Sin incorporarse, se quitó el bombín y se lo puso a Alice.

—... hombres hechos y derechos.

¿Hombres hechos y derechos? Eugéne contempló en el espejo el equipo que formaban los Tres Magníficos: una desastriz, una niña de diez años y un hombre-cigüeña.

«Esto no va a salir bien», pensó una vez más.

19. Invitados sin autorización y barbas sin bigote

Una multitud, formada por estudiantes, curiosos, aficionados a la literatura y apasionados de Lewis Carroll, abarrotaba el espacio que había habilitado la universidad para el homenaje.

Aprovechando el benigno clima primaveral, el acto se celebraría al aire libre en uno de los patios. Las hileras de cientos de sillas que habían dispuesto para los asistentes estaban llenas, y gran parte del público, sobre todo los más jóvenes, esperaban en pie a que apareciera la homenajeada.

En la cabecera del patio estaba cercado el espacio preparado para una orquesta de música, que interpretaría una composición titulada convenientemente *Alicia en el País de las Maravillas*.

Las sillas de la orquesta estaban todavía vacías, pero en los atriles ya estaban preparadas las partituras, sujetas con pinzas para que un golpe de viento no las hiciera volar sobre las cabezas de los invitados.

Junto a la orquesta habían construido un estrado de madera. Alto para que los asistentes pudieran ver bien a la invitada, y también para que la invitada pudiera ver al público y a la orquesta.

Coronando el estrado había un panel decorativo en el que aparecían dibujados algunos de los personajes creados por Carroll: la duquesa, los gemelos Tarará y Tararí y el conejo blanco. En el centro del panel, con un flamenco entre las manos, había una ilustración gigante de Alicia.

Alice estaba emocionada y nerviosa, pero no había enloquecido ni hacía todo tipo de locuras, como temían sus padres. Al contrario, se comportaba muy discretamente y solo habló para indicarle a Eugéne el nombre de los personajes que aparecían en el panel decorativo.

Desde luego, la niña no hacía nada que avergonzara a nadie. Si la institutriz sabía que estaba nerviosa era por la forma en la que

Alice le apretaba la mano. Eugéne sentía cómo esa pequeña mano le transmitía tensión e ilusión.

Un sendero decorado con cordeles y flores comunicaba el estrado con uno de los edificios principales de la universidad.

Stilt señaló ese edificio:

—Mademoiselle, allí es donde debemos entrar.

—¿Cómo lo haremos?

—¿Sabe usted trepar por las paredes y entrar por las ventanas?

—No —respondió Eugéne horrorizada por la sugerencia.

—Una pena —se lamentó Stilt—. Lo intentaremos por la puerta de atrás.

La puerta de atrás de ese edificio no era una entrada pequeña y solitaria ubicada en un callejón, sino una gran puerta que daba a un *hall* espacioso por el que había un continuo entrar y salir de personas. Personas de los comités, camareros y, en general, gente que trabajaba en la organización del homenaje, se afanaban en tenerlo todo bien preparado para que el acto saliera a la perfección.

Aparte del jaleo que generaba el trasiego de personas, un desorden de notas musicales flotaba en el ambiente, puesto que en ese *hall* aguardaban los músicos de la orquesta, esperando con sus instrumentos en la mano.

En la puerta, Eugéne localizó al que habría de ser el enemigo a batir: un conserje de pequeña estatura, pero que compensaba su tamaño con una mirada fiera, con la que revisaba a cada uno de los que entraban y salían. El conserje tenía una barba compacta y negra, pero no tenía bigote. Esa barba sin bigote, Eugéne no sabía muy bien por qué, le daba un aire aún más fiero a su mirada.

Mademoiselle Chignon vio pasar por el *hall* a una cara conocida. Baptiste Travagant cruzó con paso rápido.

La cabellera pelirroja de Eugéne relució bajo el sol de primavera.

—Creo que sé cómo entrar, seguidme.

Eugéne se dirigió con decisión hacia la puerta.

El conserje les vio acercarse y les examinó con su severa mirada. Ni siquiera saludó, directamente les espetó:

—No pueden pasar.

Eugéne respondió en francés:

—*Nous sommes la famille de Baptiste Travagant.*

Y le mostró la tarjeta que el señor Travagant le entregó cuando se despidieron en el barco.

El conserje revisó la tarjeta desconfiado y preguntó:

—¿Familia del Hombre del Huevo?

Eugéne fingió estar muy ofendida.

—¿Hombre del Huevo? ¿Cómo se atreve a llamarle así? —gritó forzando el acento francés—. ¡Hombre del Huevo, no! ¡¡Monsieur Travagant!!

La suerte se puso del lado de la institutriz puesto que no solo el conserje se creyó su enfado, sino que el señor Travagant se asomó por una de las puertas al escuchar su nombre. Reconoció a Eugéne y, en la distancia, la saludó con alegría.

El conserje, avergonzado, se disculpó:

—Pasen, pasen —murmuró mientras les animaba a entrar abanicando el aire con la mano.

Eugéne pasó con Alice. Sin embargo, cuando entraba Timothy Stilt el conserje se quedó mirando su apariencia de ave zancuda. Con su altura, su delgadez y su nariz afilada, era todo lo opuesto al físico del belga.

—¿Usted... —desconfió— también es familiar?

—Por supuesto —contestó Stilt sin detenerse.

—Pues no parece familiar del señor Travagant... —comentó el conserje dubitativo.

Stilt se giró y sonrió:

—De Travagant no, caballero. Yo soy familiar del huevo.

Y se internó en el edificio dando grandes zancadas.

20. Distintas formas de ver un huevo

—¡**M**ademoiselle Chignon! ¡Qué agradable sorpresa!

Monsieur Travagant estaba radiante. Sus bigotes se veían negros y relucientes, llevaba al igual que Stilt un elegante chaqué, y completaba su atuendo con un bastón especial. No era el bastón que Eugéne le había conocido en el viaje, sino otro más adornado, cuya empuñadura era un huevo de plata.

—Acompáñenme, por favor, el homenaje va a comenzar.

Eugéne se temió que Travagant quisiera salir de nuevo al patio, estropeando sus planes, pero no fue así. Subieron unas escaleras y caminaron por un ancho pasillo en el que abundaban las vitrinas con numerosos trofeos deportivos en su interior.

Travagant se giró ante una puerta, la abrió y entró en un salón con las paredes repletas de retratos de antiguos alumnos de la universidad. Antes de seguirle Eugéne echó un último vistazo al pasillo: había un par de lugares donde podrían esconderse para interceptar a la señora Liddell.

El salón adonde les había conducido Travagant no era un salón muy grande, pero se veía amplio ya que apenas tenía mobiliario. Aparte de unos sillones y una pequeña mesa, el único mueble de esa habitación era una estantería con diversos libros de aspecto muy antiguo.

La sala poseía tres enormes ventanas, pero estas estaban ocultas por tres cortinas azules. La luz procedía de las dos lámparas que colgaban del techo, compuestas de miles de pequeños cristales.

La pared más lejana a la puerta no tenía cuadros, sino que estaba cubierta por un telón rojo similar al que se usa en los teatros.

—Mademoiselle... —susurró Travagant con aire de misterio—. ¿Sabe qué hay detrás de ese telón?

Eugéne bajó también la voz:

—¿*Aepyornis?*

—¡Sí! —aplaudió el belga—. *Magnifique!* Ha quedado estupendo, ya lo verá después.

La voz del premio Nobel de la Paz, Nicholas Murray Butler, amplificada por los altavoces resonó en toda la universidad presentando a la señora Liddell.

El sonido de una enorme ovación ascendió desde el patio. El homenaje estaba comenzando.

—Yo me quedo aquí con ustedes. Vamos, acérquense a las ventanas —les apresuró Travagant.

El belga corrió las cortinas azules de las tres ventanas y la claridad del día inundó la sala, haciendo brillar el óleo de los cuadros.

Se distribuyeron por las ventanas del salón. Eugéne se situó con Alice en la más cercana al telón que ocultaba el huevo de *Aepyornis*. Si encontraba la oportunidad, le echaría un vistazo al huevo.

La ovación de bienvenida continuaba, dos mil personas aplaudían sin descanso. Desde esas ventanas tenían unas buenas vistas del patio. Sin soltarle la mano, Alice pegó su cara al cristal, concentrándose en la gente subida en el estrado.

El público se había puesto en pie al ver aparecer a la señora Liddell Hargreaves. No era, claro, como en el libro, una niña de diez años, sino una anciana

de ochenta. Había caminado con aire frágil hacia los micrófonos. Se apoyaba en un bastón y respondía con una tímida sonrisa a los estruendosos aplausos. Lucía un vestido marrón y un sombrero a juego con una simpática línea amarilla.

—Quiero darles las gracias...

Su voz, una voz emocionada pero al mismo tiempo firme y clara, sonó a través de los micrófonos.

—Gracias por haber tenido la gran amabilidad de invitarme a esta celebración del centenario de mi amigo de la infancia. Él fue el amigo ideal.

La voz de la señora Liddell se rompió un instante, fue solo un segundo en el que la emoción le ganó la batalla a la firmeza. Pero enseguida se repuso y continuó:

—A menudo me pregunto cuántas maravillosas historias se ha debido de perder el mundo, porque él nunca había escrito nada hasta que yo se lo pedí...

Eugéne se giró y observó a la pequeña Alice. Qué estaría pasando por esa cabeza en estos instantes. Estaba viendo a una señora mayor, alguien que ya no se parecía en nada a la niña de diez años que inspiró el personaje. Su ojos no expresaban extrañeza ni locura, solo atención.

Eugéne buscó con la mirada a los señores Welrush entre el público. No fue difícil puesto que sabía que, al ser el señor Welrush presidente del Comité de Magnificiación, estarían sentados en las primeras filas.

Primero localizó a la señora Welrush. En realidad descubrió a dos o tres personas que se sentaban torcidas en sus asientos, porque no conseguían ver nada. Delante de esas personas estaba la señora Welrush con un sombrero majestuoso que impedía la visión a todos los que estaban sentados detrás. Atendía con seriedad a las palabras de la señora Liddell.

A su lado, estaba el señor Welrush. Pero los pequeños ojos del señor Welrush y su bigote de morsa no apuntaban en la misma dirección que la mirada de su esposa. El corazón de Eugéne se angustió como si un fantasma lo hubiese estrujado con su puño invisible.

El señor Welrush no estaba mirando al estrado, sino hacia ella.

Qué error más absurdo haberse asomado justo a la ventana del salón que luego albergaría la recepción privada. Era inevitable que el señor Welrush en algún momento dirigiera su mirada hacia allí.

Al padre de Alice le había extrañado que estuvieran las cortinas descorridas, pero aún más que las personas que estuvieran asomadas se parecieran mucho a su hija y a mademoiselle Chignon.

La reacción de Eugéne fue echar de nuevo la cortina. Agarró el grueso cordón que tenía al lado y dio un tirón, con la esperanza de que la cortina se corriera de golpe.

Escuchó el sonido de la tela al moverse, pero, no, su cortina no se movió.

Eugéne se giró, agarró con las dos manos el cordón y tiró con toda la fuerza de sus brazos. Pero la cortina no se corrió, ni se correría nunca. Porque ese cordón no pertenecía a la cortina, sino que abría el telón rojo del fondo de la sala.

La sorpresa preparada por el Comité de Magnificación quedó a la vista. Y era de verdad una sorpresa magnífica.

—¡Humpty Dumpty! —exclamó entusiasmada Alice.

El huevo de *Aepyornis* había sido caracterizado con detalle, su sonrisa y sus ojos estaban tan bien pintados que parecía que en cualquier momento les fuera a saludar a todos. Las piernas, las manos, los brazos y los pies estaban hechos con gran realismo, como si fuera un muñeco del museo de cera.

Lo habían sentado en lo alto de un muro, un muro cuyos ladrillos no eran de piedra, tampoco de cartón. El Comité de Magnificación había encargado a las cocinas de la universidad que realizaran numerosos ladrillos de pan. El muro entero era el sueño loco de un panadero.

El conjunto era tan original que Eugéne olvidó por un segundo el grave aprieto en el que se hallaba.

Cuando se recuperó cerró las cortinas de la ventana tirando directamente de la tela.

«El problema mayor es si el señor Welrush nos ha reconocido o no», pensó.

Pero en eso se equivocaba, ese no era el problema mayor. El problema mayor estaba en esa sala, vestía un chaqué blanco y negro y llevaba bombín.

Una fuerza extraña se apoderó de Timothy Stilt. Como si fuera una tetera llena de vapor, comenzó a soltar un silbido agudo por la boca mientras su bombín temblaba violentamente. De repente saltó en vertical encaramándose a una de las lámparas del salón.

Desde la lámpara lanzó un sonoro aullido:

—Auuuuuuuuuuuuuuuuuuuuuuuuu uuuuuuuuu.

Eugéne comprendió lo que estaba ocurriendo. Allí donde todos veían una estupenda escultura de un personaje del País de las Maravillas, Humpty Dumpty sobre su muro, Timothy Stilt solo veía el huevo más grande del mundo sobre el montón de pan más grande del mundo.

—*Mon Dieu* —Eugéne estaba aterrada—, se lo va a comer...

Stilt terminó su aullido y saltó hasta la siguiente lámpara. Su boca se había abierto de forma increíble, como si, al igual que las serpientes, tuviese la habilidad de desencajar la mandíbula.

Con un rápido movimiento, el señor Travagant se interpuso entre Timothy y el huevo de *Aepyornis*.

Stilt, desde la segunda lámpara, dio un último salto abalanzándose sobre el huevo.

—¡HOP! —exclamó el belga al mismo tiempo que atizaba un bastonazo en la nariz de Stilt, impidiéndole llegar hasta su objetivo.

Travagant enarbolaba su bastón con la mano izquierda, y no lo hacía con torpeza como Eugéne con el palo de billar, sino con gran destreza. Hizo una cruz con el bastón en el aire, se puso de perfil, adelantó un pie y flexionó ligeramente las piernas.

—*En garde!* —dijo el belga.

Stilt agitó la cabeza y centró su mirada de nuevo en el huevo. De un gran salto intentó pasar por encima de Travagant.

—¡Hop! —un bastonazo en la cintura desvió el salto de Stilt, que se estrelló contra el muro de pan.

Timothy lanzó al belga una mirada de animal salvaje, pero aprovechó el lugar en el que se encontraba para dar varios mordiscos furiosos a los ladrillos de pan.

—Caballero, valoro su arte de la esgrima —dijo Stilt mientras devoraba el muro—. Pero creo que será mucho mejor para usted que se aparte de mi camino.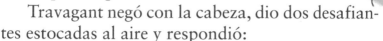

Travagant negó con la cabeza, dio dos desafiantes estocadas al aire y respondió:

—Quizá piensa usted que conseguí este huevo comprándolo en el mercado, pero no fue así —el belga esbozó una leve sonrisa de orgullo—. He traído este huevo desde los pantanos de la isla de Madagascar. Y estoy acostumbrado a protegerlo.

Stilt suspiró, cogió dos ladrillos de pan del muro y se comió uno de un bocado.

—Este pan está muy bueno —alabó—. Pero estaría mucho mejor... ¡Mojado en la yema de ese huevo!

Acto seguido se lanzó de nuevo al ataque, y de nuevo fue repelido por el bastón de monsieur Travagant.

Comenzó así una lucha feroz, un asedio sin fin de Stilt contra el huevo. Travagant se movía con rapidez, dando certeras estocadas que golpeaban sin piedad las manos, las piernas y la nariz del hermano de la señora Welrush.

—¡Hop! ¡Hop! —decía el belga cada vez que hacía un movimiento.

Eugéne y la pequeña Alice asistían al combate sin poder hacer nada. Al cabo de un minuto, el muro estaba destrozado. El belga decidió coger el huevo para que no cayera al suelo y se dañara. La pelea continuó por todo el salón, con Stilt persiguiendo a Travagant y el belga defendiendo el huevo a bastonazos. ¡Hop! ¡Hop!

Un grupo de cuatro conserjes irrumpió en el salón alarmados por el ruido de la lucha. Cuando vieron lo que estaba ocurriendo, los conserjes, comandados por el hombre con barba pero sin bigote, se agarraron a las piernas y brazos de Stilt, intentando detenerle.

Hicieron falta tres conserjes más para que Timothy dejara de perseguir el huevo, y otros cinco para conseguir sacarle del salón.

Cuando pasó el peligro, Travagant, siempre optimista, respiró satisfecho.

—*Magnifique* —dijo.

Pero Eugéne echó un vistazo a cómo había quedado el salón y *magnifique* no era la palabra adecuada para describirlo. El huevo estaba a salvo pero la magnificación... La magnificación estaba hecha un desastre.

El muro, o lo que quedaba de él, estaba derruido. Los pocos ladrillos que permanecían en pie mostraban claras huellas de la lucha, casi todas marcas de los dientes de Timothy Stilt. El propio huevo ya no se parecía en nada a Humpty Dumpty, pues había perdido un brazo y una pierna, y la pintura de la cara había desaparecido.

—¿¡Pero qué ha ocurrido aquí!? —rugió el señor Welrush al entrar en el salón. Su gesto era tan furioso que a Eugéne le dio la impresión de que le habían crecido de repente unos auténticos colmillos de morsa.

A su lado, su esposa arrugaba la nariz con disgusto.

Mademoiselle Chignon se encogió asustada. Si hubiera tenido el frasquito con la etiqueta BÉBE-ME, le hubiera dado un buen trago para volverse diminuta y escabullirse por cualquier agujero.

—Un individuo de hambre feroz —explicó Travagant—. Intentó comerse el huevo, pero no lo consiguió.

El señor Welrush se volvió hacia su mujer:

—¡Ha sido tu hermano! ¡Tu hermano! ¡El fin del comité por culpa de tu hermano!

La señora Welrush palideció.

—Tim cuando ve comida... —intentó disculparle— es como un niño.

—¡No, de niño nada! ¡Ya ha crecido mucho para ser un niño!

Esa última frase encendió una luz en el interior de Eugéne. Apretó fuerte la mano de la pequeña Alice.

La señora Welrush estalló en gritos:

—¡Mademoiselle Chignon! ¡Lleve a mi hija a casa! ¡Y después haga el equipaje! —chilló— ¡Está usted despedida! ¡Automáticamente despedida!

Todos buscaron a Eugéne y a Alice con la mirada, pero ya no estaban en el salón.

—Vaya, sí que ha sido automático —se asombró monsieur Travagant—. La joven ha desaparecido.

21. Una anciana con un nombre muy largo y una niña con las manos muy pequeñas

Media hora después Alice Pleasance Liddell Hargreaves Taylor hizo su aparición en el salón. Ese era el nombre completo de Alice Liddell, y conviene citarlo aquí ahora porque, vista de cerca, cualquiera podía entender que aquella mujer de ochenta años no era una Alice, sino muchas.

En su larga vida le había dado tiempo a ser una niña traviesa, la protagonista de un cuento, una dama de alta sociedad, una madre protectora y, por último, una celebridad lo suficientemente famosa como para que multitud de periodistas y más de dos mil personas acudieran entusiasmadas a verla.

La señora Liddell entró en el salón con aire alegre, acompañada de su hermana y de su hijo. Tras ella irrumpieron en la sala un nutrido grupo de profesores y otros ilustres invitados.

Aquella anciana inglesa no podía sospechar todo lo que había ocurrido allí durante la última

media hora. Mientras la ceremonia del homenaje continuaba, en el salón destinado a la recepción privada había tenido lugar una frenética actividad de limpieza y orden. Todos los conserjes (con barba y sin barba, con bigote y sin bigote) ayudaron a adecentar la sala, y hasta los señores Welrush se esforzaron en limpiar las migas de pan que había diseminadas por cada rincón.

Todo lo que tenía que ver con el muro de Humpty Dumpty fue eliminado. El huevo recuperó su aspecto habitual y monsieur Travagant lo depositó en su correspondiente carrito.

La recepción se mantendría igual, un encuentro privado con la señora Liddell, pero ya no habría sorpresa del Comité de Magnificación.

La misión de los Tres Magníficos había fracasado. Stilt había sido reducido y expulsado del edificio por los conserjes, mademoiselle Chignon había sido automáticamente despedida, y Alice, llevada a casa por Eugéne, no podría conocer a la señora Liddell.

La señora Liddell estaba algo cansada y quiso sentarse en uno de los tres sillones que había allí. El premio Nobel de la Paz y presidente de la universidad, Nicholas Murray Butler, se sentó cerca de ella.

El señor Welrush mantenía como podía la compostura, pero la realidad era que estaba amargado. Su bigote permanecía inmóvil, sin vida, y su papada se mecía de lado a lado con tristeza.

Intentaba no mirar a los ojos al presidente de la universidad, puesto que era sabido que, aunque poseía el Nobel de la Paz, aquel hombre tenía un mal humor de perros. El señor Butler estaba sumamente enfadado, porque el Comité de Magnificación al final no tenía nada para agasajar a la invitada.

La señora Liddell paseó la mirada por la sala en la que se encontraban.

—Un salón encantador —alabó.

El señor Butler le explicó que todos los cuadros eran retratos de antiguos alumnos.

—Muy bien —elogió la señora Liddell. Después contempló a los invitados—. ¿Y quién es aquel hombre de aspecto tan triste?

—El señor Welrush —respondió el Nobel de la Paz—, el presidente del Comité de Magnificación. Pero es un comité ya viejo, va a desaparecer.

—¿Sí? Qué pena, me gustan las cosas magníficas —comentó la señora Liddell.

Una voz de niña sobresaltó a todos los que estaban allí.

—¡A mí también me gustan, señora Liddell! ¡A mí tamb...!

La anciana arqueó una ceja y se inclinó levemente hacia el premio Nobel.

—Señor Butler, ¿ve usted como yo a una niña a la que una dama está intentando amordazar?

El señor Butler se removió incómodo en su asiento.

—La veo.

—¿Y a una joven pelirroja que hace gestos con las manos?

—También.

—¿Sabe usted quizá quiénes son?

—No —contestó el premio Nobel lúgubremente—. La verdad es que no lo sé.

La niña era, por supuesto, la pequeña Alice. La dama que la sujetaba con una mano mientras con la otra le tapaba la boca, su distinguida madre. Y la chica pelirroja, como podéis imaginar, no era otra que Eugéne Chignon, quien, como no fue sujetada ni amordazada, consiguió llegar hasta el señor Welrush y susurrar algo a su oído.

Al escuchar lo que Eugéne tenía que decirle, el señor Welrush recuperó su vigor, movió enérgicamente el bigote y se animó a dar un paso hacia los sillones.

—Señora —anunció—, el Comité de Magnificación tiene una sorpresa para usted.

—¿Seguro? —preguntó el Nobel de la Paz lanzándole una mirada nada pacífica.

—Seguro —se giró hacia Eugéne y asintió con la cabeza.

Mademoiselle Chignon no caminó hacia Alice, quien mantenía con su madre, en un rincón del salón, su batalla particular. Eugéne salió un momento fuera de la sala para, al cabo de unos segundos, entrar con un invitado al que nadie esperaba.

El señor Welrush le hizo un gesto al hombre para que se acercara y anunció con voz potente:

—Creo que tienen algo en común. Señora Liddell, le presento al señor Peter Davies, el niño que inspiró *Peter Pan*. Señor Davies, le presento a Alice Liddell, la niña que inspiró *Alicia en el País de las Maravillas*.

Un murmullo de asombro recorrió todo el grupo de invitados.

La joven culpable de que Peter Davies se convirtiera en la sorpresa del Comité de Magnificación respiró por fin aliviada. Lo había conseguido.

Mademoiselle Chignon también había vivido una intensa media hora. Mientras todos arreglaban

el desorden en el salón, Eugéne había decidido que podía hacer una cosa mejor que encerrar a Alice en casa. Corrió hasta el primer teléfono, sacó la tarjeta del señor Davies y realizó llamada tras llamada hasta que consiguió localizarle.

Cuando por fin Peter Davies estuvo al otro lado de la línea telefónica y preguntó quién le llamaba, lo primero que Eugéne dijo fue:

—Señor Davies, ¿recuerda a una joven francesa que desembarcó en Nueva York intentando llevar dos maletas y un carrito de bebé?

—¡Mademoiselle Chignon! Sí, claro que la recuerdo.

—¿Y recuerda haber dicho: «Le debo un favor»?

—Sí —fue la respuesta—. También lo recuerdo.

—Pues ha llegado el momento de devolver el favor.

Media hora después Eugéne celebraba haber hecho esa llamada, puesto que el encuentro fue un éxito: Peter Pan y Alicia, Alicia y Peter Pan, juntos.

La señora Liddell sonrió gratamente sorprendida.

—Esto es magnífico —dijo.

—Sí que lo es —corroboró el premio Nobel dedicando una mirada algo más pacífica al señor Welrush.

Por primera vez en mucho tiempo, el encargado universitario de la magnificación sintió que su comité estaba salvado.

La señora Liddell invitó a Peter Davies a sentarse a su lado.

—Le siento a usted como si mirase a un hermano pequeño —dijo tendiéndole la mano.

—Lo soy —rio Davies—. Somos como hermanos. Hermanos de tinta.

Los dos protagonistas de aquel magnífico momento se dieron las manos, pero no como dos desconocidos que se saludan sino como dos personas que se apoyan el uno al otro mientras patinan, ayudándose a mantener el equilibrio.

Para los demás eran una mezcla de seres reales y literarios. Pero solo ellos dos podían entender el enorme privilegio y también el demoledor peso que suponía ser Peter Pan y Alicia.

Ese 4 de mayo de 1932 sucedieron un puñado de grandes cosas y, como todos los días, miles de pellizcos de cosas pequeñas. Como ya sabéis, a veces las cosas grandes aparecen en los periódicos y otras veces las que aparecen son las cosas pequeñas. Pero también hay cosas, pequeñas y grandes, que no son publicadas. Al día siguiente todos los periódicos de Nueva York recogieron la noticia del homenaje que se le dio a Alice Liddell, pero ninguno recogió este inesperado y casi secreto encuentro entre Peter Pan y Alicia.

Y ambos, tanto el homenaje como este encuentro, son importantes. Aunque para esta historia, en realidad, lo verdaderamente importante vino después. Cuando la señora Liddell mantuvo durante unos segundos la mano del editor entre las suyas y dijo:

—Quédese un buen rato conmigo, señor Davies. Seguro que tenemos mucho de qué hablar. Pero antes, tengo la impresión de que están sucediendo muchas cosas en esta sala y yo, a pesar de mis años, sigo siendo una niña curiosa. ¿Señor Welrush?

—¿Sí, señora? —respondió solícito el padre de Alice.

—¿Entonces el señor Davies ha sido traído por su comité?

—Así es... Lo ha traído mi... ayudante. Mademoiselle Chignon.

La atención de los invitados se centró de repente en Eugéne, quien sintió que su cabeza se prendía en rojo fuego por la vergüenza. Fue, sin embargo, una vergüenza muy diferente a la que sentía cuando provocaba sus desastres. No dejaba un sabor amargo, sino dulce en la boca.

—Entonces es una ayudante magnífica, le felicito. Cuídela, no se le ocurra perderla —recomendó Alice Liddell—. Y aquel hombre que lleva un huevo gigante en brazos, ¿también es cosa de su comité?

Los asistentes miraron hacia donde señalaba la señora Liddell. El señor Travagant alzó su huevo y gritó sonriente:

—¡*Aepyornis*!

El señor Welrush sonrió forzadamente, unas gotas de sudor aparecieron en su frente:

—Sí, ese también es nuestro invitado.

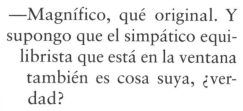

—Magnífico, qué original. Y supongo que el simpático equilibrista que está en la ventana también es cosa suya, ¿verdad?

—¿El simpático equilibr...?

Los familiares de la señora Liddell, Peter Davies y el cónsul general de Gran Bretaña se volvieron hacia la ventana y estallaron en un aplauso. La señora Welrush, en cambio, estuvo a punto de desmayarse.

Allí trepado, agarrado a la fachada con una mano mientras agitaba el bombín con la otra, estaba un sonriente Timothy Stilt.

—Sí, sí —respondió el señor Welrush, rompiendo a sudar por los nervios—. También es cosa nuestra, pero su número ya ha terminado.

—¿Ya? Pues me ha encantado.

—Sí, es un número muy corto... ¡Mademoiselle Chignon! ¡Cierre las cortinas!

Eugéne recorrió la sala asegurándose de que las ventanas estaban bien cerradas y las cortinas corridas, para que nadie viera a Stilt pululando por la fachada como una polilla en torno a una luz.

—Muy bien, señor Welrush, muy bien —la señora Liddell parecía estar divirtiéndose con esa sucesión de pequeñas sorpresas—. Y aquella niña tan guapa a la que no dejan decir ninguna palabra, ¿quién es?

Esta vez el señor Welrush no tuvo que volverse para saber a quién se refería Alice Liddell.

—Una niña... Y no la dejan hablar... —se pasó una mano por la cara sudorosa—. Entonces es mi hija, Alice.

—Ah, ¿se llama igual que yo? —la anciana alzó la cabeza para que su voz se escuchara con claridad—. Alice, ven, acércate.

Tras estas palabras, la señora Welrush liberó a su hija y se apoyó en la pared, derrotada.

Alice corrió hacia Alice Liddell, esquivando a los invitados como si se tratara de los soldados de un ejército enemigo. Sin embargo, cuando estaba a punto de llegar hasta la homenajeada, se detuvo en seco, dio varios pasos hacia atrás y se aferró a la mano de Eugéne, escondiendo la cara en el vestido de la francesa. Eugéne sintió como la mano de la niña temblaba dentro de la suya.

La institutriz decidió hablar ella primero:

—Señora, creo que Alice quiere hacerle una pregunta.

—¡¡Yo creo que no!! —se escuchó la voz desesperada de la señora Welrush.

Alice reaccionó como empujada por un resorte al escuchar la voz de su madre.

—Quiero preguntar sobre el conejo blanco —dijo.

—Sobre el conejo blanco... —repitió para sí la anciana—. De acuerdo, ¿qué quieres saber?

La niña se soltó de Eugéne, se acercó hasta la señora Liddell y bajó la voz:

—Yo sé que es solo un libro. Pero me gusta imaginar que es de verdad —susurró—. A todos los personajes los imagino allí en el País de las Maravillas. Pero al conejo me gustaría imaginarlo en mi jardín, o corriendo en mi habitación. Así podría seguirlo como hizo usted. Pero no lo consigo.

—¿No lo ves nunca? —le preguntó la señora Liddell.

—Sí, en el libro. En los dibujos. Pero luego miro al jardín e intento verlo corriendo allí. Y no me sale.

La señora Liddell permaneció unos instantes en silencio, pensando su respuesta. Después, dijo:

—Eso es porque cuando lees estás viéndolo todo con los ojos de la protagonista del libro, con mis ojos. Pero fuera del libro ya no usas mis ojos. Mira, acércate más.

Alice se acercó un poco más.

—Más todavía, acércate tanto como para pegar tu cara a la mía.

Alice apoyó sus pequeñas manos sobre las rodillas de la anciana. Los rostros de ambas se acercaron hasta casi rozar sus narices.

—Ahora mira dentro de mis ojos. Como si fuesen un espejo. Inténtalo, si el conejo cruza esta habitación, podrás verlo ahí reflejado.

La niña contrajo su cara en un esfuerzo por descubrir algo entre aquellos viejos párpados.

—¿Lo ves? —preguntó la señora Liddell.

Alice tensó todo su cuerpo. Abrió la boca para hablar, pero de allí no salió ningún sonido.

Mademoiselle Chignon sabía lo que le ocurría.

—Creo que está tan emocionada que no puede hablar —dijo Eugéne.

Era cierto, Alice no podía hablar. La niña miraba aquellos ojos de ochenta años, que de repente se antojaban enormes. Todos los invitados miraban esos ojos, no podían no mirarlos, parecía que Lewis Carroll hubiera colgado de ellos una etiqueta en la que pusiera MÍRAME.

El iris de la anciana brilló sin deslumbrar, como una vela reflejada en el cristal de una ventana.

—¿Lo ves? —repitió la señora Liddell con suavidad—. ¿Ves al conejo?

Sucedió en la Universidad de Columbia, en Nueva York, el 4 de mayo de 1932. En una sala llena de gente, de ingleses y norteamericanos (incluso un belga). Allí había diplomáticos, profesores, prestigiosos científicos, personas importantes (incluso un premio Nobel).

Pero solo una institutriz francesa sonrió cuando la pequeña Alice parpadeó dos veces.

FIN

Dedicatoria sin sentido

Este libro podría estar dedicado a Lewis Carroll. Eso tendría mucho sentido. El problema es que con Lewis Carroll las dedicatorias con sentido no tienen ningún sentido. Así que, si os parece, no se lo dedicaremos a él.

También podría estar dedicado a Alice Liddell. Es alguien importante para este libro, como también lo es Nicholas Murray Butler, el premio Nobel que la acompaña en esta otra foto realizada en el homenaje de la Universidad de Columbia, en mayo de 1932.

Pero eso también tendría sentido, por eso no dedicaremos el libro a ninguno de los dos.

Y si no se lo dedicamos a Alice Liddell tampoco se lo dedicaremos a Peter Davies, ni a su melancólica mirada.

Sería más acertado dedicárselo al ave elefante de Madagascar y a los magníficos huevos de esa especie, los de mayor tamaño del mundo.

Pero el *Aepyornis* y su huevo son cosas grandes y queríamos dedicar el libro a alguna cosa pequeña.

Así que, con esta dedicatoria sin sentido, hemos pensado dedicarle el libro a las noticias pequeñas, como esas que abarrotaban una página de la sección *Notes from Shanghai* en el periódico *The Straits Times* del año 1931.

Y dentro de las noticias pequeñas, esta dedicatoria sin sentido va especialmente dirigida a una noticia en particular, esa que se recogió el 21 de abril de 1931, y a quien la hizo posible, el gobernador de la Provincia de Hunan, el general Ho Chien, de quien no se ha comprobado ni desmentido aún, si tenía o no cabeza de sapo.